Hans Capadrutt

13 Kurzgeschichten

AF191166

Hans Capadrutt

13
Kurzgeschichten

© 2025 Hans Capadrutt
Umschlag, Layout und Satz: hc
Verlag: BoD · Books on Demand GmbH,
In de Tarpen 42, 22848 Norderstedt, bod@bod.de
Druck: Libri Plureos GmbH, Friedensallee 273,
22763 Hamburg
ISBN: 978-3-7693-5663-2

INHALT

Zeitreisende

DIE WAHRHEIT

«*Die ganze Wahrheit kennt niemand … Nicht einmal annähernd.*»
«*Wie meinst du das?*»
«*So, wie ich es sage!*»
«*Du meinst, wir werden belogen?*»
«*So ist es. Wir leben in einer Art grossem Terrarium. Mit Bergen, Wäldern, Meeren, Städten und Dörfern. Der Himmel über uns ist eine Kuppel aus Glas oder etwas in der Art. Wir können nicht hindurchsehen, werden aber Tag und Nacht von denen beobachtet, die uns, wie Fische in einem Aquarium, gezüchtet haben.*»
«*Das ist doch lächerlich!*»
«*Sonne und Mond und auch die Sterne sind vergleichbar mit Wärmelampen in Terrarien. Sie ermöglichen den Fortbestand des Lebens.*»
«*Bezauberndes Märchen. Ich werde es heute Abend meinen Kindern als Gutenachtgeschichte erzählen.*»

DIE FRAGE

Mitte August. Sonntagmorgen. Halb zehn Uhr.

Ein Mann und eine Frau beim Morgenessen auf der Terrasse ihres Hauses in einer Kleinstadt.

«Was, wenn nichts wäre, wie wir denken, dass es ist?» fragt der Mann.

Die Frau steht abrupt auf, geht in die Küche und schaltet das Radio an.

Nachrichten: Ukrainekrieg. Die bösen Russen. Die guten Amerikaner. Die Grünen sind für mehr Waffenlieferungen. Die AFD hält dagegen. Dann ein alter Schlager.

«Denkst du, diese Musik passt zu meiner Frage?»

«Was denn für eine Frage?»

«Was, wenn nichts wäre, wie wir denken, dass es ist?»

«Du machst mich noch krank mit deinen Fragen!», keift die Frau, stürmt ins Wohnzimmer, schlägt die Tür hinter sich zu und ruft ihre Schwester an.

Der Mann schaut hinauf zu den Bergen. Er erinnert sich an ein Video, das er vor einiger Zeit auf TikTok gesehen hat. Berge, Gesteinsformationen, waren gezeigt worden, deren Formen ihn an menschliche Körper erinnerten. Eine liegende Frau zum Beispiel. Ein Felsengesicht im Meer. Dann auch riesige, versteinerte Baumstümpfe mit dem Durchmesser eines Fussballfeldes.

Die Frage, die sich der Mann dazu gestellt hatte, war: Was, wenn es vor unvorstellbar langer Zeit unvorstellbar grosse Menschen und Bäume gegeben hätte, die durch eine unvorstellbar grosse Katastrophe zerstört und dabei in einem unvorstellbaren Ausmass versteinert worden wären?

Der Mann weiss, dass seine Frau mit solchen Fragen nichts anfangen kann. Trotzdem versucht er es immer wieder. Und nicht nur bei ihr. Auch bei Freunden, Bekannten und Leuten, mit denen er zufällig auf der Strasse ins Gespräch kommt. Mit der Frage: *«Was denken sie, waren die Amerikaner wirklich auf dem Mond?»*, trennt er die Spreu vom Weizen. Leute, die dazu eine Meinung haben, sind meist auch bereit, sich auf andere Themen dieser Art einzulassen. Auf sogenannte Verschwörungstheorien zum Beispiel. Das gibt dann die Diskussionen, die der Mann sich wünscht.

Wenn er seiner Frau am Abend erzählt, dass es Leute gibt, die, wie er, der Auffassung sind, dass die Mondlandung der Amerikaner vor über fünfzig Jahren ein Schwindel war, tut sie, als ob sie taub wäre.

Das alles ist natürlich nicht einfach für den Mann. Vor allem, weil nicht nur seine Frau kein Interesse an seinen Forschungen hat, sondern auch sonst niemand in seinem Bekanntenkreis.

Eines Tages stösst der Mann auf die Theorie der *Flachen Erde*. Fortan verkündet er allen, dass die Erde keine sich um die eigene Achse drehende Kugel sei, wie das die Wissenschaft behaupte, sondern flach und unbewegt. Dazu, wie bereits in der Bibel beschrieben, von einer Kuppel überdacht, über der sich Wasser befände.

Natürlich kann seine Frau diesen Überlegungen nicht folgen. Wie auch? Dass die Erde sich in vierundzwanzig Stunden einmal um die eigene Achse dreht, glaubt sie, schon einmal gehört zu haben. Aber das ist auch alles.

Als ihr Mann ihr erklärt, dass, falls ein Flugzeug mit ungefähr achthundert Stundenkilometern von Paris nach New York – also gegen die Erddrehung – fliege, ihm die Erde in Mitteleuropa mit ungefähr derselben Geschwindigkeit entgegenkäme, läuft sie ins Bad und schlägt die Türe zu.

«Es ist unmöglich, ein Flugzeug auf einer Piste zu landen, die mit achthundert Stundenkilometern auf einen zukommt. Und noch unmöglicher, wenn die Landepiste quer zur Erddrehung verläuft, also zum Beispiel von Norden nach Süden oder umgekehrt!», ruft er durch die geschlossene Tür, schlüpft dann in seine Laufschuhe und macht sich auf zu einem Beruhigungslauf im nahen Wald, wo die Bäume geduldig seine Theorien anhören.

Als er nach einer Stunde zurückkommt, ist Besuch da. Sein Sohn sitzt mit der Familie im Garten. Seine Frau rennt mit den beiden Enkelkindern ums Haus herum. Der Tisch, an dem der Sohn mit seiner Familie sitzt, steht unter dem Baum, den der Mann beim Bau des Hauses vor dreissig Jahren gepflanzt hat. Die reifen Äpfel, die auf der Wiese liegen, bringen ihn auf den Gedanken, seinem Sohn zu erklären, wie Newton auf die Gravitationstheorie gekommen ist. Der scheint das Thema jedoch zu kennen und legt lächelnd eine Hand auf Vaters Schulter. Was so viel bedeutet wie: Ich weiss was du erzählen willst, Papa, aber es interessiert mich nicht.

Also bemüht er sich, den Grossvater zu geben, scherzt mit den Enkeln und rennt mit ihnen durch den Garten. Als ihm der Schnauf ausgeht, legt er sich unter dem Apfelbaum ins Gras. Und schon kommt ihm der nächste verschwörungstheoretische Gedanke: Was wäre, wenn Newton, wie manche seiner Zeitgenossen, Unrecht gehabt hätte? Wenn die Erde, anders als von ihm angenommen, wirklich flach und stationär wäre, könnte er sich dann nicht auch mit der Gravitationstheorie geirrt haben?

Auf Facebook entdeckt er eine Gruppe, die sich mit Quantenphysik beschäftigt. Das Thema bringt ihn auf die Idee, ihre Sichtweise auf das Weltbild der Kugelerde zu untersuchen. Die Entstehung des Universums durch den Urknall zum Beispiel. So ganz ohne Schöpfergott, aus einer Art Zufall heraus. Als ob etwas ohne Ursache geschehen könnte. Wie arrogant muss man sein, um auf so eine Idee zu kommen, fragt sich der Mann, tritt der Gruppe bei und postet gleich eine Frage, die ihn schon seit Jahren beschäftigt.

Es geht um die Zentrifugalkraft, bzw. die Fliehkraft. Laut Wikipedia beträgt der gesamte Inhalt der Weltmeere eine Milliarde, 370 Millionen und 323 000 Kubikkilometer.

Da die Erde sich, bei einem Umfang von 40 000 km, in 24 Stunden einmal um die eigene Achse dreht, ergibt das (40000:24)eine Umdrehungsgeschwindigkeit am Äquator von 1667 km/h.

Frage: Ist es möglich, die Gravitationskraft zu berechnen, die nötig ist, um die Zentrifugalkraft, die auf diese Menge Wasser bei einer Überschall-Umdrehungsgeschwindigkeit von 1667 km/h einwirkt, auszugleichen?

Die Antworten lassen nicht lange auf sich warten. Über fünfzig Gruppenteilnehmer melden sich. Physiker und Mathematiker fühlen sich herausgefordert. Versuchen mit Gleichungen den Beweis zu erbringen, dass die Anziehungskraft der Erde auf die Erddrehung und die damit einhergehende Zentrifugalkraft abgestimmt ist, dass sie sich wechselseitig im Gleichgewicht halten, ja, sich sogar gegenseitig bedingen, bedingen müssen.

Als der Mann fragt, ob die Weltmeere nicht vielleicht doch eine massiv stärkere Gravitation benötigen würden, um der Zentrifugalkraft entgegenzuwirken, als ein Mensch oder eine Fliege, wurde ihm ungnädig klargemacht, dass die Gravitation, auf alles gleichmässig einwirke. Und warum? Weil in einem geschlossenen System alles wechselseitig ausbalanciert sei. Erde, Mond, Sonne. Das Sonnensystem. Die Galaxien. Ja sogar die schwarzen Löcher wären eingebettet in Einsteins Raum-Zeit-Krümmungs-Theorie.

Wie? Ist das unendliche Universum ein geschlossenes System? Sicher nicht! Doch natürlich, behauptet der Typ auf Facebook. Und zwar, weil alles durch Energie verbunden sei und sich deshalb im Bereich der Erdkugel alles – unbemerkt von allem darauf Lebenden, ob am Boden oder in der Luft, ob Flugzeug oder Mücke – mitdrehen würde.

Der Mann ist entsetzt ob dieser mit wissenschaftlicher Arroganz vorgetragenen Theorie. So viel Unsinn hat er in seinem ganzen Leben noch nicht gehört. Im Grunde genommen wird mit all diesen Berechnungen nur versucht zu erklären, was auf dem *Flache-Erde-Modell* ganz natürlich stattfindet. Nichts und niemand, kein Mensch, kein Flugzeug und keine Schwalbe müssen sich mit Überschallgeschwindigkeit um die Achse einer Kugel bewegen. Und weshalb? Ganz einfach: Weil die Erde stationär und wirklich ein geschlossenes System ist. Erschaffen von einem Schöpfer, geschützt durch eine unzerstörbare Kuppel, die, weil darüber Wasser ist, blau erscheint und verhindert, dass die Atmosphäre entweichen kann.

Was jenseits der Eiswand der Antarktis ist, die – um die fünfzig Meter hoch, wie der Rand eines Schwimmbasins – die Meere umschliesst, das wissen auch die Flacherdler nicht genau. Einige behaupten, dass es dort eine grosse Anzahl Kontinente gibt, die von verschiedenen unbekannten Rassen bewohnt und ebenfalls von Eisringen, ähnlich denen in der Antarktis, umschlossen sind.

Was sie aber mit Sicherheit wissen, ist, dass eine Atmosphäre mit Sauerstoff und davon abhängigen Lebewesen nur innerhalb eines geschlossenen Systems, so ähnlich wie in einem Gewächshaus, möglich ist. Doch das zu akzeptieren sind die Wissenschaftler nicht in der Lage. Statt den Aussagen von Linienpiloten zu glauben, die auf all ihren Routen noch nie eine Krümmung der Erdoberfläche beobachtet haben, suhlen sie sich in akademisch überlegener Eitelkeit. Verspotten die Flacherdler, ohne auch nur den geringsten Versuch zu unternehmen, die unzähligen – praktisch nachvollziehbaren – Beweise zu überprüfen.

Als der Mann eines Abends nach Hause kommt, sitzen zwei Fremde in seinem Wohnzimmer.

«Wir haben auf sie gewartet», sagt der Grosse.

«Bitte, setzen sie sich!», sagt der Kleinere.

Der Mann lässt sich in seinen TV-Sessel fallen und starrt die Eindringlinge misstrauisch an.

«Wo ist meine Frau?», fragt er.

«Sie wollte nicht dabei sein», sagt der Kleinere mit den langen Haaren.

«Wobei dabei sein?», fragt der Mann.

«Bei dem, was wir erledigen sollen.»

«Was sollen sie denn erledigen?», fragt der Mann genervt.

«Das werden sie gleich erfahren.»

«Falls sie von der Polizei sind, will ich ihre Ausweise sehen!», verlangt der Mann.

«Wir sind nicht von der Polizei. Was wir tun müssen, geht nur uns drei etwas an.»

Der Grosse mit den kurzen Haaren steht auf und legt ihm eine Hand auf die Schulter.

«Bitte, nehmen sie es nicht persönlich. Wir tun nur unsere Arbeit.»

Das Herz des Mannes krampft sich zusammen, als ihm aufgeht, was ihm bevorsteht.

«Wer hat ihnen den Auftrag erteilt und warum?», fragt er mit schwacher Stimme.

Die Männer blicken ihn mitleidig an.

«Wir tun es wirklich nicht gerne, das können sie uns glauben. Doch Auftrag ist Auftrag. Und bei der Schwere ihres Vergehens fällt es uns, offen gesagt, leichter als auch schon.»

«Der Schwere meines Vergehens? Was habe ich denn Schlimmes getan?», schreit der Mann.

«Was meinst du?», fragt der Langhaarige.

«Ok, sag's ihm!», nickt der Grosse.

«Ihr Vergehen ist, dass sie öffentlich Theorien unterstützen und Fragen stellen, die die Wahrheit und damit die Kontrolle über gutgläubige, unschuldige Menschen behindert.»

«Und wer hat sie beauftragt, mich wegen so einer Lappalie umzubringen?»

«Eine Frau hat uns informiert ...»

«Was denn für eine Frau?»

Der Grosse mit den kurzen Haaren schiebt eine Hand unter die Jacke ...

«Sie erträgt ihre Frage nicht mehr ...»

«Was denn für eine Frage?», schreit der Mann.

«*Was, wenn nichts wäre, wie wir denken, dass es ist?*»

16

BOND, JAMES BOND

Mitte Juli. Samstagabend in der Hauptstadt.

Die Bar war bis auf den letzten Platz besetzt, als Cindy ihren Dienst antrat. Manuel, der die erste Schicht übernommen hatte, verabschiedete sich mit einer Umarmung.

«Machs gut! Bis morgen ...»

Und schon ging es los. Rufe, Bestellungen, Gelächter, verlangende Blicke. Cindy öffnete Flaschen, mixte Getränke, eilte von einem Ende der Bar zum anderen, scherzte, kassierte, liess sich, des Trinkgeldes wegen, auf Gespräche ein, die sie nicht im Geringsten interessierten.

Gegen Mitternacht setzte sich ein Mann an die Bar, der Cindy an Sean Connery in seinen ersten James Bond-Filmen erinnerte. Gross, dunkle Haare, weisses Hemd.

«Was darf es sein?», fragte Cindy.

«Wodka Martini, geschüttelt, nicht gerührt!», smilte der junge Mann, während seine Augen ungeniert ihre Oberweite begutachteten.

«Gerne», lächelte Cindy und begann mit der Zubereitung des Getränks.

James Bond prostete ihr zu und nippte an seinem Wodka Martini.

Ein Gast, der sich über Stunden an der Bar aufgehalten hatte, wollte zahlen. Als Cindy ihm die Rechnung brachte, wurde er ausfallend.

«Was? Das kann nicht sein. Ich habe doch nur ein paar Bier getrunken! Willst du mich übers Ohr hauen? Verdammte Nutte!», brüllte er.

Cindy erschrak. Hilfe suchend blickte sie zum Mann mit dem Wodka Martini. Und tatsächlich, der Typ reagierte.

«Gibt es ein Problem?», fragte er, trat hinter den aggressiven Gast, hielt ihm eine Pistole an die Schläfe und knurrte: «Bond – James Bond. Sie haben zehn Sekunden Zeit, sich bei der Dame zu entschuldigen. Eins, zwei, drei ...»

«Bond? – James Bond?! Ich lach' mich tot!», brüllte der Betrunkene mit hochrotem Gesicht.

«... sieben, acht, neun ... zehn ...»

Der Schuss war nicht zu hören, trotzdem fiel der Mann vom Hocker und blieb regungslos liegen.

Bond verstaute seine Walther PPK, bezahlte, gab Cindy ein grosszügiges Trinkgeld und verliess die Bar, bevor die Polizei eintraf.

Am nächsten Morgen – es war Montag – fuhr eine Frau mit ihrem Mann in die Stadt. Als sie die Limousine vor dem Einkaufszentrum parkte, läutete ihr Handy. Der Mann stieg aus und schlenderte voraus zum Eingang, wo ein Bekannter stand.

«Hallo Paul! Wo haste deine Frau?», fragte Peter mit einem leutseligen Grinsen im Gesicht.

«Die kommt gleich», antwortete Paul, während er den Parkplatz beobachtete, wo seine Frau mit dem Handy am Ohr im Auto sass.

Ein paar Minuten später: «Da kommt sie ja», meinte Peter, doch er irrte sich. Die Frau, die Peter für Pauls Frau hielt, beachtete die beiden Männer nicht und verschwand im Einkaufszentrum.

«Wenn das nicht deine Frau war ...», sagte Peter, « ... die sieht sie ihr aber verdammt ähnlich!»

«Allerdings!», murmelte Paul, erstaunt und verwirrt darüber, dass seine Frau an ihm vorbeigelaufen war, ohne ihn eines Blickes zu würdigen.

In einem Zeitungsständer am Kiosk entdeckte er die neueste Ausgabe einer Boulevardzeitung. Über dem Bild einer Frau, die Marta hätte sein können, stand in Grossbuchstaben: *Mord in der Calanda-Bar – War diese Frau daran beteiligt?*

Paul überflog das Kleingedruckte. Seine Hand zitterte, als er die Zeitung zurücklegte. War Marta etwa in einen Mord verwickelt? Er verliess den Kiosk und begab sich ins Einkaufszentrum, um seine Frau zu suchen. Schnell entdeckte er sie inmitten einer Gruppe Männer verschiedenen Alters. Gestikulierend, lachend, strahlend. Gerade wollte er auf sie zugehen, als sich eine Gruppe Jugendliche an ihm vorbeidrängte und er Marta aus den Augen verlor.

Ein paar Minuten später stand sie plötzlich vor ihm: «Komm, lass uns einen Kaffee trinken», smilte sie und nahm ihren Mann am Arm.

«Wer waren diese Männer?», fragte Paul, als sie sich im ersten Stock am Tisch gegenübersassen.

«Was denn für Männer?», fragte Marta. «Ich bin nach dem Telefonat mit Iris direkt ins Einkaufs-zentrum gelaufen, wo ich dich gefunden habe.»

«Gerade vorhin habe ich gesehen, wie du dich mit mehreren Männern unterhalten hast. Darf ich wissen, was das für Leute waren?»

«Ich habe keine Männer gesehen, wie kommst du denn auf so etwas?», empörte sich Marta.

Paul stand auf, rannte durchs Lokal und die Treppe hinunter zum Kiosk. Kurz darauf war er zurück, warf eine Zeitung auf den Tisch ...

«Da! Kennst du diese Frau?»

Marta starrte auf das Foto, las die Schlagzeile: *«Mord in der Calanda-Bar – Hat diese Frau etwas damit zu tun?»*

«Das bin nicht ich», murmelte sie abwesend.

«Aber sie gleicht dir aufs Haar!», schrie Paul so laut, dass sich die Leute nach ihm umdrehten.

Die Frau betrat das Café, blickte suchend um sich, entdeckte Paul mit seiner Frau, steuerte auf ihren Tisch zu und setzte sich auf den freien Stuhl neben Marta.

21

«Ich bin Cindy, Martas Zwillingsschwester», sagte sie zu Paul. «Wir tauschen nach Belieben unsere Rollen. Die Frau in der Bar war nicht Marta. Du weisst also nie mit Sicherheit, wer von uns beiden dich bekocht, dir die Wäsche macht oder neben dir im Bett liegt.»

Paul fühlte sich, als ob er mit einem Holzhammer eins auf den Schädel bekommen hätte. Mit dem Ausdruck eines Dreijährigen, dem sein Spielzeug entrissen wurde, starrte er die beiden Frauen, die für ihn exakt gleich aussahen, an.»

«Lass uns nach Hause fahren, Paul sieht müde aus ...», sagte Marta ... Oder war es Cindy?

Die Frauen erhoben sich, nahmen Paul in die Mitte und führten ihn die Treppe hinunter und aus dem Einkaufszentrum hinaus zu seinem Auto. Die eine öffnete die Tür seiner Limousine, schob ihn auf den Rücksitz und setzte sich zu ihrer Schwester auf den Beifahrersitz.

Auf der Fahrt nach Hause wurden sie von einem mit stark überhöhter Geschwindigkeit fahrenden Sportwagen überholt. Paul hätte, trotz seines desolaten Zustandes, schwören können, dass es ein Aston Martin gewesen war. Und zwar das Modell DB5, das Sean Connery in seinen ersten Filmen als James Bond gefahren hatte.

DIE MONDBATTERIE

Mit der Kreide in der Hand stand der Lehrer an der Wandtafel.

«Simon, kannst du uns erklären, weshalb der Mond in der Nacht leuchtet?»

Simon schrak aus seinen Träumen auf. Der Lehrer hatte eine Ellipse, auf ihr die Erde und um sie herum die Umlaufbahn des Mondes auf die Tafel gezeichnet. In der Mitte stand das Wort *Sonne*. Was der Lehrer dazu erzählt hatte, war nicht in Simons Bewusstsein gedrungen.

«Äh ... Die Sonne scheint am Tag und der Mond in der Nacht ...»

«Genau! Doch weshalb leuchtet der Mond?»

Simon dachte an sein Handy. Es leuchtete in der Nacht, weil die Batterie Strom erzeugte.

«Vielleicht hat er eine Batterie ...»

Die Mitschüler lachten, der Lehrer schüttelte den Kopf.

«Du hast wieder einmal nicht zugehört, Simon! Wer weiss es?»

«Weil er in der Nacht von der Sonne beleuchtet wird!», rief Mattia, der vor ihm in der Bank sass.

«Genau! Der Mond hat kein eigenes Licht und auch keine Batterie, Simon! Er reflektiert nur das Sonnenlicht.»

Simon schämte sich für seine falsche Antwort und ärgerte sich über das Gelächter seiner Mitschüler.

In der Pause hockte er allein auf der Mauer vor dem Schulhaus. Etwas weiter entfernt sassen ein paar Mädchen aus seiner Klasse. Ladina, die Einzige, die nicht gelacht hatte, stand auf und setzte sich zu ihm.

«Simon. Jeder gibt mal eine falsche Antwort, das ist doch nicht so schlimm.»

«Doch, ist es!», knurrte Simon.

«Du weisst ganz genau, dass sie mich auslachen!»

«Ich nicht, Simon. Ich weiss, dass du mit deinen Gedanken oft weit weg bist. Du bist halt nicht so wie die anderen Buben in der Klasse ... Gerade das gefällt mir an dir.»

Simon blickte kurz in Ladinas braune Augen und dann schnell wieder auf den Boden.

«Bin ich wirklich so anders als die anderen?»

Ladina lächelte.

«Simon, du bist, wie du bist. Jeder ist eben anders. Steh zu dir, das ist wichtig!»

«Wer sagt das?»

«Mein Vater.»

«Dein Vater? Aber der ist doch ...»

«Ein Krimineller, sagen die Leute, ich weiss! Ja, er war ein paar Jahre im Gefängnis, aber er war unschuldig. Zudem ist das schon sehr lange her. Er sagt sogar, dass sich dadurch sein Bewusstsein erweitert habe ...»

«Sein Bewusstsein? Wie meint er das?»

«Er sagt, er habe viel Zeit gehabt, sich besser kennenzulernen, habe jede Menge Bücher gelesen und erkannt, dass wirkliche Freunde schwer zu finden sind.»

«Ach so, du meinst, falls ich mein Bewusstsein erweitern möchte, muss ich auch ins Gefängnis?»

«Nein! So habe ich das nicht gemeint!», lachte Ladina.

«Schon gut, war nur ein Scherz!», grinste Simon.

Bevor Simon an diesem Abend schlafen ging, schaute er aus dem Fenster. Der Mond stand als schmale Sichel hoch über den Bergen. Simon beschloss, ihn nun jeden Abend zu beobachten. Nach einer Woche stellte er fest, dass er sich von links nach rechts bis zum Halbmond füllte und dann in einem Bogen auf die Gegenseite ausdehnte, bis er als Vollmond das ganze Tal erhellte.

Nachdem er längere Zeit vergeblich versucht hatte, sich vorzustellen wie die Sonnenstrahlen von der anderen Erdseite her – auf der Tag war – den Mond beleuchteten, den Himmel rundherum jedoch im Dunkeln liessen, tauchte eine weitere Frage in ihm auf.

Bei der nächsten Astronomiestunde erntete er dafür wieder Gelächter. Der Lehrer, genervt über die ungewöhnliche Frage, erzählte etwas von reflektierendem Gestein auf dem Mond und fragte Simon, ob er glaube, die Wissenschaftler seien alles Dummköpfe.

«Nein, natürlich nicht», stammelte Simon.

«Ich kann es mir einfach nicht vorstellen, weil die Sonne doch so hell ist. Wie kann sie nur den Mond beleuchten und den ganzen Himmel rundherum dunkel lassen?»

«Euer Sohn ist etwas seltsam», sagte der Lehrer beim nächsten Elterngespräch.

«Statt dass er zuhört und sich merkt, was die Wissenschaft herausgefunden hat, hängt er seinen eigenen Gedanken nach. Ich schlage vor, dass ihr ihn zum Schulpsychologen schickt, bevor er ein Sozialisierungsproblem bekommt.»

Simons Vater war dagegen. Seine Begründung lautet: «Nurs weil mein Sohn denkt, der Mond könnte eine Batterie haben, heisst das noch lange nicht, dass etwas mit ihm nicht stimmt. Ich finde es gut, wenn ein junger Mensch sich seine eigenen Gedanken macht. Die Wissenschaft hat in den letzten Jahrhunderten immer wieder neue Thesen aufgestellt, die alte Erkenntnisse ad absurdum geführt haben. Vielleicht stellt sich ja eines Tages heraus, dass mein Sohn recht gehabt hat.»

Trotz der Unterstützung durch seinen Vater beschloss Simon, den Mond zu vergessen, da es ihm die Mühe nicht wert schien, seinetwegen von der ganzen Klasse diskriminiert zu werden.

Zehn Jahre später. Simon spaziert eines Abends mit Ladina eng umschlungen durch die Altstadt und zum Fluss, der im tiefgelegenen Bachbett durch die Stadt fliesst. Auf der kleinen Brücke bleiben sie stehen.

«Schau, der Mond, wie er leuchtet ...»

«Vollmond eben ... Von deiner Batterie beleuchtet!», lacht Ladina.

Simon greift ihr um die Taille ...

«Ich will nichts mehr davon hören, verstanden? Sonst werfe ich dich über die Mauer ...»

Sie ringen miteinander. Ladina kichert.

«Nicht! Man könnte uns beobachten ... Komm!», flüstert sie und zieht ihren Freund mit sich über die Brücke und zu der Bank unter der grossen Linde.

Es gibt Menschen, die bei Vollmond aus dem Gleichgewicht geraten. Jeder Psychiater, jeder Kriminalpsychologe kann das bestätigen.

Der Mann war übergewichtig und nicht mehr jung. Und er war in einem emotionalen Zustand, der kaum auszuhalten war. Als er dem Fluss entlanglief, sah er ein junges Paar eng umschlungen über eine Brücke laufen ... Schwer atmend griff er in die Tasche seiner Jacke, zog einen harten Gegenstand hervor und lief schneller.

Langsam fuhr eine Polizeistreife durch die Stadt, über den Kreisel beim Stadtausgang und dann dem Fluss entlang.

«Vollmond», sagte der Beifahrer zum Kollegen, der am Steuer sass.

«Da treffen sich immer wieder Liebespaare unter der grossen Linde.»

«Ok! Sehen wir nach!», grinste der Fahrer.

Ein paar Meter vor der Brücke hielt er an und stellte den Motor ab.

«Mal schauen, was sich tut.»

Kaum war eine Minute vergangen, bewegte sich etwas im Gebüsch.

«Hast recht gehabt!», sagte der Fahrer.

«Geht uns aber nichts an. Wir haben einen Job zu erledigen!», sagte der Beifahrer.

Plötzlich löste sich ein Schatten unter der Linde ... Ein Mann rannte davon und verschwand im Dunkeln.

«Geht uns doch etwas an!», rief der Fahrer, fuhr mit Blaulicht über die Brücke, hielt vor der Linde an und sprang aus dem Wagen.

«Dieser Schweinehund!» schrie er, als er die halbnackte Frau am Boden liegen sah.

Kurz darauf raste mit heulenden Sirenen ein Krankenwagen durch die Stadt. Ladina wurde von zwei Rettungssanitätern auf eine Bahre gelegt und vorsichtig in den Krankenwagen geschoben. Als ihr der Notarzt die Infusionsnadel in die Vene stach, öffnete sie kurz die Augen: «Simon! Wo ist Simon?»

«Dein Freund?», fragte der Arzt.

«Wo ist er?»

Die Mauer war uralt und stand leicht schräg. Simons Körper befand sich auf angeschwemmtem Geäst am Flussufer. Da es seit einem Monat nicht geregnet hatte, befanden sich nur seine Füsse im Wasser.

Als er neben Ladina im Krankenwagen lag, öffneten beide wie auf Kommando die Augen ...

«Ich glaube, der Mond hat doch eine Batterie ...», flüsterte Simon kaum hörbar.

Ladina versuchte zu lächeln, und als das nicht gelang, liess sie ihren Tränen freien Lauf.

DIE NEUE ERDE

Eines Tages erhob sich Gott von seinem Lager, spazierte an den Strand und setzte sich auf einen kleinen Felsen. Sinnend schaute er über das grosse Wasser. Wie lange war es her, seit er die Erde geschaffen hatte? Er wusste es nicht mehr. Keiner der Menschen dort unten würde ihm glauben, dass es auch für ihn nicht einfach gewesen war, bis Himmel und Erde so ausgesehen hatten, wie er es sich vorgestellt hatte. Bis alles grün geworden war. Sich genügend Sauerstoff unter der Kuppel gebildet hatte, damit sich immer mehr Lebewesen entwickeln konnten.

Das *Grosse Wasser* hatte zu Beginn am Gewohnten festhalten wollen und alles unternommen, um nicht geteilt zu werden. Mit seiner ganzen Schöpferkraft hatte Gott die massive, durchsichtige Kuppel, die er, zusammen mit seinen Kreativ-Engeln, in einer kleinen Ewigkeit hergestellt hatte, dazwischengeschoben.

Besonders viel Aufmerksamkeit hatte er der Tiefe gewidmet. Mit der Kuppel über ihr bildete sie eine Kugel, dessen eine Hälfte der Himmel war. Was sich unter der Erde befand, blieb sein Geheimnis. Der Mensch sollte es selber herausfinden, falls es ihm die Mühe wert war.

Dann das Licht. Die Sonne für den Tag, den Mond mit seinem kälteren Licht für die Nacht.

Eine geniale Idee. Danach hatte er eine unendliche Anzahl Sterne und Galaxien in Form von Schwingungsenergie geschaffen und sie unter der Kuppel verteilt, bis alles so war, wie er es gut fand.

Gott stieg vom Felsen, lief dem Strand entlang und kam zu der Stelle, wo im grossen Wasser verborgen die Überwachungsstation lag, von der aus er auf die Welt hinunterschauen konnte.

Er kniete sich nieder und hielt die Hand aufs Wasser. Sofort bildete sich ein Strudel, der immer grösser und tiefer wurde und zuletzt eine Röhre bildete. Gott setzte sich, hielt die Füsse in die Öffnung und glitt wie auf einer Rutschbahn zu seinem Kommandopult hinunter.

Eine Zeit lang beobachtete er Sonne, Mond, Sterne und Galaxien, die ihre Bahnen zogen. Sein Werk, seine Schöpfung. Wie stolz war er doch darauf. Niemand würde ihm das nachmachen können. Niemand! Und die da unten schon gar nicht.

Er setzte sich vor den grossen Bildschirm, legte eine Hand aufs Display, worauf ein Video zu laufen begann. Gott schüttelte den Kopf. Das falsche Zeitalter. Er verschob die Hand nach rechts, drückte mit dem Mittelfinger etwas stärker aufs Display und visierte einen Punkt in der Gegenwart auf der Erde an, den er besuchen wollte.

Als er unten ankam, stellte er fest, dass er sich nicht dort befand, wo er eigentlich hin gewollt hatte. Er musste den falschen Finger benutzt oder die falsche Farbtaste gedrückt haben. Gott seufzte, dachte, dass er nachgelassen, zu wenig geübt hatte. Wenn seine Informatikengel nur nicht ständig neue Überwachungs-Versionen kreieren würden.

Schon wollte er wieder nach oben gleiten, als ihn etwas stutzen liess. Er befand sich an einem Ort, den er noch nie gesehen hatte. Am Ausgang eines kleinen Dorfes, von wo aus er weit ins Tal hinunterblicken konnte. Auf einer Strasse, die neben einem auffällig grossen Haus vorbeiführte.

Gott staunte über sein Werk. Wie schön waren doch die Berge, die Wälder und Wiesen und der blaue Himmel darüber. Eine Welle von Freude und Liebe zu seiner Schöpfung trieb ihm Tränen in die Augen.

Ein grosses gelbes Auto fuhr durchs Dorf und an ihm vorbei. Kurz darauf ratterte ein beladenes Gefährt heran, das einen ungeheuren Lärm machte. Der verschwitzte Bauer winkte ihm zu und rief: «Hallo Johann, allas paletti?»

Gott wusste nicht, was *paletti* bedeutete. Trotzdem winkte er zurück und beschloss, sich den Namen, den er eben bekommen hatte, zu merken. Vielleicht konnte er ihn ja eines Tages gebrauchen.

Er beamte *sich* wieder nach oben zu seinem Kommandopult. Ein Engel erklärte ihm noch einmal die neueste Version des Überwachungsprogramms. Gott bedankte sich und blieb dann lange, sehr lange, vor dem grossen Bildschirm sitzen.

Was er sah, gefiel ihm nicht. Unglaublich, was mit seiner Schöpfung gemacht worden war. Jenseits aller Vorstellungskraft. Wie hatten sich die Menschen doch verändert! Viele der *Guten* hatten, entgegen seiner Order, ihre Mission entkräftet aufgegeben. Die *Bösen* hatten auf weiten Teilen der Erde das Ruder übernommen.

Manipulation, Lügen, Betrug, Missgunst, Neid, Drogen- und sogar Menschenhandel wucherten im Verborgenen wie Unkraut in einem Garten. Mord und Totschlag zuhauf und sogar bei Tageslicht.

Immerhin gab es ein paar Länder, wo es nicht so schlimm war, wo Ordnung herrschte. Vorläufig. Doch wie lange noch?

Ein kleines Land mitten in Europa kämpfte verbissen um seine Freiheit. Doch auch dort waren die Gegner in der Überzahl. Gott schüttelte den Kopf. Was ihn aber am meisten betrübte, war, dass sich immer weniger Menschen an ihn, ihren Schöpfer, erinnerten.

Die Religionen, deren Aufgabe es einst gewesen war, über sein Werk zu berichten, wurden durch interne Kämpfe und Missbrauch von innen heraus zerstört und immer stärker von etwas abgelöst, das die Menschen weltweit in ihren Bann zu schlagen schien: Die Jagd nach Ruhm, Geld, Ansehen, Konsum, Genuss. Und alle wollten für immer jung bleiben. Was nie gelingen würde und auch nicht nötig war. Sie hatten vergessen, dass sie ein Teil von ihm waren und nur ihre Körper alterten.

Doch es gab noch Schlimmeres. Gott sah, dass das Wissen und der Glaube an ihn und sein Werk durch etwas ersetzt worden war, das sich paradoxerweise Wissenschaft nannte. Wissenschaft, obwohl sie nichts von ihm wissen wollten. Diese Leute leugneten sogar, dass es ihn gab. Alles, was nicht wissenschaftlich erwiesen werden konnte, wurde als unwahr abgetan. Doch wie konnten sie beweisen, was sie nicht kannten, nicht kennen konnten und auch gar nicht kennen wollten? Und dann noch etwas: Findige Köpfe hatten etwas geschaffen, mit dem sie weltweit die Menschen beeinflussen, manipulieren und belügen konnten: Medien! Fernsehen, Radio, Zeitungen, Internet usw. Die Menschen wurden jeden Tag ununterbrochen mit diesen – vermeintlich wahren – Botschaften überschwemmt. Das, was ihr wahres Wesen ausmachte, wurde dadurch aus ihrem Bewusstsein verdrängt und durch wertlosen Müll ersetzt. Durch Meldungen von Krieg,

Mord und Totschlag wurde Angst erzeugt. Liebe, Vertrauen, Zuversicht und Hoffnung zerstört. Und das mit Absicht. Eine bestimmte Menschengruppe hatte herausgefunden, dass, Menschen in Angst und Schrecken zu halten, das beste Mittel war, sie zu kontrollieren und wie Schafe in den Abgrund ihrer Sorgen zu lenken.

Gott machte sich grosse Vorwürfe, dass er die Erde nur alle paar hundert Jahre genauer in Augenschein nahm, was für ihn die Zeit eines Tages auf der Erde war. Er seufzte aus tiefstem Herzen, hielt die Hände vor die Augen und weinte. Tagelang, wochenlang. Nach dieser – für ihn winzigen – Ewigkeit, fasste er einen Entschluss. Er würde das Programm Erde trotz allem weiterlaufen lassen. Allerdings vermehrt eingreifen.

Das war das Eine. Das andere war eine Idee so genial wie vor einer Ewigkeit, als er die Erde erschaffen hatte: Er würde eine zweite Erde kreieren. Parallel zur ersten. Was allerdings mit enorm viel Arbeit verbunden war, aber es musste sein, dessen war er sich absolut sicher.

Natürlich würde ihn auch die zweite Kuppel wieder eine kleine Ewigkeit beschäftigen. Und auch der Gedanke an das *Grosse Wasser* machte ihm etwas Sorgen. Würde es wieder so ein Drama veranstalten wie beim ersten Mal?

Nachdem die neue Erde bewohnbar wäre, würde er, um Entwicklungszeit zu sparen, versuchshalber eine Region oder ein Land der alten Erde – wie ein Bild oder Video – herauskopieren und quasi als Setzling mit allem, was darauf war, auf der neuen Erde einfügen. Wenn die Menschen auf der neuen Erde aufwachten, wäre auf den ersten Blick alles wie immer. Nur der Himmel blauer, die Wiesen grüner, das Wasser klarer. Die Menschen sollten weiterleben können wie gewohnt, doch ohne die negativen Einflüsse, die sich auf der alten Erde wie eine Seuche ausgebreitet hatten.

Eine Idee formte sich in seinem Inneren. Sie fusste auf den bescheidenen Kenntnissen, die er durch endlose Diskussionen mit seinen Informatik-Engeln erworben hatte. Er würde in der ersten Phase das kopierte Land mit dem Original verlinkt lassen, sodass alles, was dort ablief, sich auf der neuen Erde spiegelte. Mit einem Unterschied: Ein Seuchen- und Virenprogramm würde dazwischengeschaltet werden, eine Sicherheitszone aus Licht, undurchdringlich für alles, was nicht von ihm persönlich autorisiert worden war. Damit wäre sichergestellt, dass die neue Erde nicht schon von Anfang an verseucht würde.

Wenn die neue Kuppel fertig und alle Vorbereitungen abgeschlossen wären, sollte das kleine

Dorf, wo ihn ein Bauer mit «Hallo Johann, alles paletti?» begrüsst hatte, der Mittelpunkt der neuen Erde sein. Von dort aus würde er persönlich jeden Tag als *Johann* das kopierte Land überwachen und zum Rechten sehen.

Das Projekt *Neue Erde* stiess, wie nicht anders erwartet, beim *Grossen Wasser* auf vehementen Widerstand, wie schon beim ersten Erde-Projekt vor Äonen.

Obwohl er Gott war und das Recht hatte, über alles zu verfügen, was im Bereich der Ewigkeit vorhanden war, weil er die Ewigkeit selbst durch sein Wort geschaffen hatte, erlaubte sich das *Grosse Wasser* wieder einmal, seine alleinige Schöpferkompetenz infrage zu stellen. Es war kaum zu glauben. Gott regte sich fürchterlich auf. Doch weil er Liebe war und alles aus Liebe geschaffen hatte und nichts ohne sie hätte entstehen können, fiel es ihm schwer, dem aufrührerischen Element klarzumachen, dass es in seiner Macht gelegen hätte, es nach Belieben in ein langweiliges, fügsames, kleines Wässerchen zu verwandeln.

Doch das durfte nicht sein, das wusste er. Es lag in seiner Verantwortung, sich immer weiter auszudehnen, solange, bis das Wort in ihm, das er selbst war, im Einhalt gebot, weil es Zeit war für den Rückweg, der nichts anderes war als der Beginn einer weiteren Spirale, die sich wiederum endlos ausdehnen würde. Es war das Atmen des Wortes, der Schöpfung in ihm selbst.

Aus all diesen Gründen blieb Gott nichts anderes übrig, als sich damit abzumühen, die unzähligen Hierarchien im *Grossen Wasser-Element* einzeln für seine geniale Idee zu gewinnen. Doch das war das Experiment *Zweite Erde* wert, daran zweifelte er keinen einzigen, ewigen Augenblick.

Nachdem Gott seine Schöpfungs-Ingenieure hatte überzeugen können, ihn mit all ihrem Wissen und ihrer Kreativität bei der Herstellung der neuen Erde zu unterstützen, kam das Projekt langsam ins Rollen.

Als dann auch der Chef-Abgesandte der zahllosen *Grossen Wasser-Unter-Einheiten* endlich bereit war, seine Zustimmung zum Gelingen des neuen Erde-Projekts zu geben, öffnete sich das Grosse Wasser so weit, dass die neue Kuppel, in der Sonne, Mond, Sterne und Galaxien bereits mit der neuesten Technik integriert worden waren, neben der alten Erde in das Grosse Wasser hineingeschoben werden konnte. Als das gelungen war und die Kuppel, die eigentlich, mit dem, was sich unter der Erde befand, eher wie ein Ei aussah, stabil im ewigen Wasser lag, machte Gott einen Luftsprung vor Freude. Die darauffolgenden gewaltigen Erschütterungen wurden zum Glück sofort vom himmlischen Erdbebendienst neutralisiert.

Nach dieser Schöpfungsarbeit schloss Gott die Augen, entspannte sich und berührte mit dem Zeigefinger einen Punkt auf dem riesigen Bildschirm, auf dem die ganze alte Erde bis ins Detail abgebildet war. Als er die Augen wieder öffnete, sah er ein von Bergen umrahmtes Tal. Er überflog die Gegend und landete an der gleichen Stelle, an der er den verschwitzen Bauer auf seinem lärmigen Gefährt angetroffen hatte.

Dass er *Johann* genannt worden war, störte ihn nicht, im Gegenteil. Ihm gefiel der Name, er beschloss, ihn in Zukunft beim Erscheinen in menschlicher Form sowohl auf der alten als auch auf der neuen Erde beizubehalten.

«Alles paletti Johann?», fragte er sich selbst und versuchte, durch den Klang des Wortes seine Bedeutung herauszufinden. Was denn auch klappte. *Paletti* konnte nur so viel wie das englische OK bedeuten. Es gab jedoch noch etwas, worüber er sich, obwohl als Gott eigentlich allwissend, den Kopf zerbrach. Auf was für einer lärmenden Maschine hatte der alte Bauer gesessen und wie funktionierte sie? Das wollte er unbedingt herausfinden. Dass er die technische Entwicklung in Bezug auf ein so einfaches Gefährt in den letzten

Jahrhunderten verschlafen hatte, nervte ihn. Er beschloss, dass seine Ingenieurs-Engel ihn sofort auf den neuesten Stand zu bringen hatten.

In der Aufregung beamte er sich so schnell gegen die Himmelskuppel, dass er um ein Haar die Schleuse zu seinem Kommandopult verpasst hätte.

BEGEGNUNG IM REGEN

Hanna war Ende Juli vierzig geworden. Das Geburtstagsfest, das sie mit Eltern, Geschwistern und Freunden feiern wollte, konnte nicht stattfinden, weil eine Kollegin krank geworden war und Hanna ihren Dienst übernehmen musste.

Der Umstand, dass sie noch nicht verheiratet war, sorgte bei Freunden und Bekannten immer wieder für Unverständnis. Sie konnten nicht begreifen, dass eine so attraktive Frau allein bleiben wollte. Wobei Hanna das gar nicht vorgehabt hatte. Es war einfach so, dass der Richtige noch nicht aufgetaucht war. Vielleicht waren aber auch ihre Ansprüche zu hoch. Sich auf einen Mann einzulassen, hätte für Hanna bedeutet, einen Teil ihrer Freiheit zu verlieren. Diesen Preis zu bezahlen, war sie nicht gewillt. Zudem hatte sie ja ihre Eltern, eine Schwester, einen Bruder und deren Kinder als Ersatz.

Seit ihrem vierzigsten Geburtstag dachte sie allerdings manchmal daran, ihrem Leben eine neue Richtung zu geben. Nicht, weil sie mit ihrem Beruf unzufrieden gewesen wäre. Sie liebte ihre Arbeit im Krankenhaus, die Patienten. Doch leider hatte sich das Arbeitsklima verändert. Es blieb kaum noch Zeit, in einem persönlichen Gespräch auf die Bedürfnisse der Kranken einzugehen. Dazu gab es immer mehr Überstunden, weil Ar-

beitskräfte fehlten, ausfielen oder den Beruf auf-
gaben.

*Noch einmal von vorn anfangen. Etwas Neu-
es wagen.* Mit solchen Gedanken kam Hanna an
einem Montagmorgen gegen sieben Uhr von der
Nachtschicht nach Hause, legte sich ins Bett und
schlief sofort ein. Als sie aufwachte, war es Mittag.
Eigentlich zu spät für die Wanderung, die sie sich
vorgenommen hatte. Trotzdem packte sie etwas
Proviant in ihren Rucksack und lief durchs Dorf
hinunter zum Bahnhof.

Nach einer halben Stunde stieg sie im Bergdorf
aus dem Postauto, fand ohne Probleme den gut
markierten Wanderweg und schritt zügig bergan.
In zwei Stunden wollte sie den Grat erreichen, dort
ein verspätetes Mittagessen zu sich nehmen, dann
über die Alp hinunter ins nächste Dorf laufen und
mit dem letzten Postauto ins Tal fahren.

Die Wetterapp zeigte leichte Bewölkung und
vielleicht etwas Regen an. Doch das machte ihr
keine Angst. Etwas kühleres Wetter war ganz an-
genehm.

Hanna wusste, dass eine Bergwanderung ohne
Begleitung ein gewisses Risiko barg, doch sie war
sich sicher, dass in diesem Gebiet keine Gefahr
drohte. Zudem konnte sie im Notfall jederzeit
übers Handy Hilfe anfordern.

Nach einer knappen Stunde erreichte sie den kleinen Bergsee, der still und klar vor ihr lag. In der Annahme, dass sie von niemandem beobachtet wurde, zog sie sich aus, schwamm eine Runde, stieg dann aus dem Wasser und legte sich ins weiche Gras. Als die Sonnenstrahlen ihren weissen Körper getrocknet hatten, zog sie sich an, machte mit dem Handy ein paar Fotos vom See, warf den Rucksack über die Schultern und lief weiter.

Wenig später erreichte Hanna den Bergkamm, von dem aus sie gegen Osten wandern wollte. Rechts von ihr die Gegend, in der sie wohnte und arbeitete, links das tief eingeschnittene Nachbartal, aus dem schroffe Felsen in den Himmel ragten.

Nach einer weiteren Stunde gelangte Hanna auf die Berghöhe, von der aus man einen wunderbaren Rundumblick über die Gegend hatte. Auch hier schien sie, vermutlich weil es Montag war, das einzige menschliche Wesen zu sein. Allein mit dem Wind und einigen Bergdohlen, die über dem Gipfel kreisten.

Hanna setzte sich neben das grosse Holzkreuz und öffnete den Rucksack. Nachdem sie satt war, legte sie sich ins Gras und schlief ein.

Langsam schoben sich Wolken über die Sonne, wurden dunkler und dunkler. Hanna wachte auf, als ihr die ersten Regentropfen ins Gesicht klatschten. Schnell stand sie auf, schlüpfte in die Jacke und machte sich auf den Abstieg.

Der Regen wurde stärker. Hanna lief schneller, sprang über Hügel und Steine. Ab und zu erhellten Blitze den Himmel, gefolgt von gewaltigen Donnerschlägen. Als sie weit unten die Alp entdeckte, atmete sie auf. Vielleicht fand sie in einem Stall Unterschlupf, bis das Gewitter vorbei war. Doch plötzlich verschwanden die Gebäude im Nebel, was Hanna beinahe in Panik ausbrechen liess. Vorsichtig tastete sie sich Schritt für Schritt den schmalen Pfad hinunter. Als endlich die Alpgebäude auftauchten, fiel ihr ein Stein vom Herzen.

Es war Mitte Oktober, die Alp war nicht mehr belegt. Die Hütte war geschlossen. Zum Glück war das bei den Unterkünften der Tiere nicht der Fall. Hanna öffnete eine der Türen des langen Gebäudes, trat in den dunklen Stall, zog die durchnässte Regenjacke aus und liess sich aufatmend auf einen Strohballen fallen, der neben dem Eingang auf der Pritsche lag. Als sie nach ihrem Handy griff, stellte sie mit Schrecken fest, dass es fehlte. Vermutlich beim überstürzten Aufbruch auf der Höhe aus der Jacke geglitten.

«Nicht so schlimm. Sobald der Regen nachlässt, laufe ich weiter, ins Dorf hinunter ...», flüsterte sie vor sich hin.

Doch das Gewitter verwandelte sich in einen anhaltenden Regen. Und es wurde immer dunkler. Hanna musste sich entscheiden. Weiterlaufen oder im kalten Stall übernachten. Immerhin war sie hier vor dem Regen geschützt.

An der Wand neben der Tür entdeckte sie eine Heugabel, riss damit den Strohballen auf, verteilte den Inhalt auf der Pritsche und legte sich auf das nach Kuhdung riechende Lager. Der Rucksack diente ihr als Kissen.

Kaum war sie etwas eingenickt, hörte sie, wie sich jemand an der Tür zu schaffen machte. Blitzschnell war Hanna auf den Beinen.

Gierend schwang die Tür auf ...

«Da drin ist es ja stockdunkel. Wenn ich nur die verdammte Handy-Lampe finden würde ...», murmelte eine dumpfe Männerstimme.

Hanna war beruhigt. Der Typ vor der Tür schien nicht gefährlich zu sein.

«Vielleicht kann ich helfen!», rief sie laut.

Erschrocken wich der Fremde zurück.

«Mein Gott! Eine Frau ... Wie kommen ...»

Hanna trat aus dem Stall, nahm dem Mann das Handy aus der Hand, schaltete die Taschenlampen-App ein und leuchtete ihm ins Gesicht.

«Ich bin Hanna und du?»

«Ich bin ... Jason ...»

48

«Soso! Und was macht ein Deutscher bei diesem Wetter auf einer Schweizer Alp? Vielleicht in die falsche U-Bahn gestiegen?»

«Auf Sylt gibt es keine U-Bahn ...», grummelte Jason, nahm Hanna das Handy aus der Hand und beleuchtete prüfend ihr Gesicht

«Wie? Du lebst auf Sylt? So ein Zufall! Vor einem Jahr war ich mit meiner Schwester in Westerland in den Ferien.»

«Westerland ist nicht Sylt, dort gibt es kaum Einheimische. Die Wohnungen sind zu teuer! Und das alles wegen der verdammten Touristen!»

«Aber davon lebt ihr doch, oder?», entgegnete Hanna entrüstet.

«Damit *müssen* wir leben! Leider!», knurrte Jason ungehalten.

«Im Moment haben wir allerdings andere Probleme, denke ich. Was machen sie eigentlich bei diesem Wetter auf einer Alp, Frau ...?»

«Hanna! In den Bergen duzt man sich. Das ist allgemein bekannt. Und unter solchen Umständen erst recht!»

«Ok, wie du meinst, Hanna», knurrte Jason und warf einen Blick auf seine Uhr. Es war halb sieben und bereits dunkel.

«Ich habe weiter unten für zwei Wochen eine Berghütte gemietet. Heute Mittag habe ich festgestellt, dass der Akku meines Handys zur Neige geht. In der Hütte gibt es zwar Strom, doch der wird durch Sonnenkollektoren erzeugt ...»

«Und weil der Himmel bedeckt war, gab es keine Sonne und deshalb auch keinen Strom!», fiel ihm Hanna ins Wort.

«Genau. Also wollte ich es mit der Autobatterie versuchen. Dummerweise habe ich meinen Wagen auf dem Alpweg abgestellt. Als ich hinüberwollte, musste ich feststellen, dass eine Schlammlawine den Zugang versperrte. In der Hoffnung, sie irgendwo überqueren zu können, bin ich ihr entlang den Hang hinaufgelaufen, immer weiter, bis ich hier angekommen bin ...

Hanna verstand.

«Wie lange haben wir noch Licht?»

Jason blickte aufs Handy.

«Zehn Prozent ...»

«Ok! Notfallplan?»

Jason starrte ein paar Sekunden lang abwesend vor sich hin.

«Ich denke, es bleibt uns nichts anderes übrig, als hier zu warten, bis es aufhört zu regnen. Das kann aber dauern. Vielleicht regnet es die ganze Nacht und wenn wir Pech haben auch noch den ganzen Morgen. Ich denke, wir müssen hier übernachten. Sobald es hell wird, laufen wir hinunter in meine

Berghütte. Dort können sie sich ... Sorry! Kannst du deine Kleider trocknen. Dann sehen wir weiter.»

«Wieso laufen wir nicht gleich zu deiner Hütte hinunterlaufen?», fragte Hanna etwas genervt.

«Das ist zu gefährlich. Der Hang ist nass und glitschig. Ich bin ein paar Mal ausgerutscht. Und in der Dunkelheit und im Nebel sehen wir nichts, dazu noch bei diesem Regen ...»

«Ok! Dann lass uns überlegen, wie wir es uns möglichst bequem machen», seufzte Hanna.

Jason leuchtete mit dem Handy jeden Winkel aus und fand ganz hinten im Stall einen Heuhaufen.

«Ich werde mich wohl mit diesem Notlager hier anfreunden müssen», brummte er vor sich hin.

«Ok, aber ich möchte noch etwas essen. Kannst du mir mal leuchten, Jason?»

Während Hanna den Rucksack öffnete, fragte sie: «Weshalb hast du diese Hütte gemietet? Probleme mit deiner Frau?»

Jason gab keine Antwort. Hanna holte ein Schinkenbrot, einen Apfel und eine kleine Flasche Mineralwasser aus ihrem Rucksack.

«Noch fünf Prozent ...», warnte Jason.

«Ich kann auch im Dunkeln essen. Gute Nacht. Schlaf gut, Syltermann!», sagte Hanna.

Von Schlaf konnte keine Rede sein. Hanna fror. Jason warf sich unruhig von einer Seite auf die andere. Seine Gedanken sprangen von Hanna über die Rüfe zu seiner Berghütte, von dort nach Sylt zu seiner Familie und wieder zurück. Gerade als er sich fragte, wie er das mit dieser fremden Frau handhaben sollte, wenn sie in seiner Hütte angekommen waren, hörte er sie rufen: «Ich kann nicht schlafen. Ich friere.»

«Ich auch», murmelte Jason.

«Wie spät ist es?»

«Hast du keine Uhr?»

«Nein, ich habe sie zu Hause vergessen.»

«Einundzwanzig Uhr siebenundfünfzig!», rief Jason.

«Och nein! Noch über neun Stunden bis es hell wird. Kannst du mal auf deiner Wetterapp nachsehen, wie lange es noch regnet?», rief Hanna.

«Leider nein. Mein Handy ist tot.»

«Scheisse!», jammerte Hanna, stand auf und stiess die Tür auf, was bewirkte, dass das Rauschen des Regens sich auf einen Schlag verstärkte.

Jason tappte durch den dunklen Stall, bis er neben ihr auf der Tür stand.

«Können wir nicht doch einfach loslaufen, hinunter zu deiner Berghütte, Jason?», jammerte Hanna.

«Wenn wir die Strasse benutzen könnten, ginge das vielleicht. Doch dazu müssten wir über die Schlammlawine klettern. Das schaffen wir nicht. Wir müssen jetzt einfach Geduld haben. Warten, bis der Regen nachlässt. Dann wird sich auch der Nebel verziehen, und wir können uns auf den Weg machen.»

«Wir könnten uns gegenseitig wärmen», flüsterte Hanna zaghaft und lehnte sich an Jason.

«Gute Idee», murmelte Jason und zog Hannas vor Kälte zitternder Körper an seine Brust.

Und etwas später: «Wollen wir uns nicht hinlegen, das wäre etwas bequemer ...», flüsterte Hanna.

Gegen fünf Uhr morgens versiegte der Regen, der Nebel löste sich auf. Als Jason und Hanna aufwachten, fiel ein fahler Lichtstrahl durch das kleine Fenster neben der Stalltür.

«Jason, wir können los!», rief Hanna, stürzte zur Tür, stiess sie auf ... und blieb staunend stehen. Vor ihr lagen die Silhouetten der Berge und ein Tal, das sie im Mondlicht kaum wiedererkannte.

«Siehst du, Hanna, das Warten hat sich gelohnt. Es lohnt sich immer», hörte sie Jasons Stimme.

«Wie meinst du das?», fragte Hanna.

«Ganz einfach. Alles braucht seine Zeit. Irgendwann kommen Menschen zusammen, die sich ein

Leben lang gesucht, aber nie gefunden haben. Wir nennen es Zufall, doch an Zufälle glaube ich nicht, denn nichts geschieht ohne Ursache.

Hanna wusste, worauf Jason anspielte. War er der Mann, auf den sie gewartet hatte? Der Mann, der sie nicht einschränken und akzeptieren würde, wie sie war?

Plötzlich fühlte sie sich wieder stark. Die Gefahr war vorüber. Alles würde gut werden.

«Lass uns zu deiner Hütte aufbrechen», rief sie fröhlich, schulterte ihren Rucksack und lief im fahlen Licht des Vollmondes voraus.

Bevor sie Jasons Hütte betrat, fragte Hanna: «Hast du deine Frau schon einmal betrogen?»

Jason tat, als ob er die Frage nicht gehört hätte. Er schloss die Tür auf, liess Hanna eintreten, zog seine Jacke aus, kniete sich vor den eisernen Ofen und schob ein paar Holzscheite hinein.

«Bald wird es warm. Du kannst deine nassen Sachen ausziehen und neben dem Ofen aufhängen», schlug er vor.

Hanna zog die Jacke aus, die Schuhe ... Setzte sich dann auf die abgenutzte Leder-Couch und schaute zu, wie Jason Feuer machte. Fünfzig, vielleicht auch älter, schätzte sie ihn. Und natürlich verheiratet, wie fast alle Männer in seinem Alter.

Als das Feuer brannte, hatte Hanna ihre durchnässten Jeans ausgezogen. Jasons Augen verweilten eine Sekunde lang auf ihren schlanken, durchtrainierten Beinen.

«Gefällt dir, was du siehst?», fragte Hanna.

«Ich bin verheiratet ...», murmelte Jason.

«Darauf wäre ich nie gekommen», lachte Hanna.

Jason grinste.

«Also gut: Noch bin ich verheiratet, aber vielleicht nicht mehr lange ...»

Hanna machte einen Schritt nach vorn. Jason zog sie an sich ...

«Ich habe schon letzte Nacht daran gedacht ... Wenn es nur nicht so kalt gewesen wäre ...», flüsterte er ihr ins Ohr.

Auf einer Insel in der Nordsee. Jasons Frau sitzt mit ihrer gemeinsamen Tochter, auf der Terrasse eines Ried-Hauses beim Frühstück.

«Was macht Papa eigentlich in dieser Berghütte in der Schweiz?», fragt die Fünfzehnjährige.

«Er sucht nach dem Sinn des Lebens.»

«Und worin besteht der, Mama?»

«Ein Mann im Alter deines Vaters findet ihn in der Regel in den Armen einer jüngeren Frau.»

«Aber mein Papa doch nicht!», protestiert Jasons Tochter.

«Wetten, dass!», sagt die Mutter und wählt die Handy-Nummer ihres Mannes.

«Willst du dich nicht melden, Jason?», fragt Hanna, die wohlig entspannt in seinen Armen liegt.

Jason wirft einen Blick aufs Display ...

«Ach, immer diese Werbeanrufe ...», murmelt er und drückt den Anruf weg.

«Papa geht nicht ran ...», klagt seine Tochter.

«Er ist wohl zu beschäftigt», meint die Mutter.

Ein paar Stunden später.

Flughafen Westerland.

Jasons Frau besteigt ein Flugzeug in die Schweiz. Nach zweieinhalb Stunden sitzt sie im Zug nach Chur, steigt dort in ein Mietauto und fährt sofort los.

Jason und Hanna geniessen auf der Bank vor der Hütte den Sonnenuntergang, als ein Auto auftaucht und auf dem Alpweg gegenüber anhält.

«Wer mag das sein?», fragt Jason verwundert.

«Vielleicht jemand, der, wie du, in die falsche U-Bahn gestiegen ist ...», flachst Hanna.

«Auf Sylt gibt es keine U-Bahn ... Dafür aber einen Flugplatz!», flüstert Jason erschrocken, als er die Frau erkennt, die jenseits der Schlammlawine, aus dem Auto steigt.

DER STEINZEITCODE

Anfang September.

Ein fünfundsechzigjähriger Mann auf der Hochjagd in den Bündner Bergen.

«Das gehört einfach zu mir!», hat er einst einem alten Bekannten gesagt. So, als ob er sich entschuldigen wollte, dass es ihm Freude macht, Wild zu jagen. Eine Leidenschaft, eine Passion. Notwendig, um den Wildbestand zu regulieren.

Jachen ist nicht sehr gross, schlank, hat einen sanften Charakter und würde keiner Fliege etwas zuleide tun. Doch Gämsen, Hirsche und Rehe erlegen ist etwas anderes. Schon beim Gedanken daran erwacht der Jagdtrieb in ihm.

Vierzig Jahre seines Lebens haben er und seine Frau mit der Führung einer Pension verbracht. Nicht immer leicht. Viel Arbeit. Ständige Präsenz für die Gäste. Lächeln, freundlich sein, vierundzwanzig Stunden am Tag in Alarmbereitschaft. Jetzt ist er glücklich, das alles hinter sich zu haben. Endlich kann er sich ausruhen.

Mit dem Gewehr geschultert verlässt Jachen mit einem Kollegen um sechs Uhr morgens die Jagdhütte. Nicht ahnend, dass an diesem Tag nichts so ablaufen wird wie geplant und erhofft.

Es ist der siebte Jagdtag, sie haben noch kein Wild erlegt. Jachen nimmt das gelassen. Sein langjähriger Freund und Kollege Linus weniger. Sein cholerisches Temperament treibt ihn mit grossen Schritten den Berg hinauf. In den tiefsten Windungen seines Stammhirns verborgen wartet ein uraltes Programm auf Aktivierung. Ziel: Das Überleben seiner Sippe zu sichern.

Nach einer halben Stunde hält Linus plötzlich an und reisst den Feldstecher hoch.

«Gämsen!», ruft er erregt.

Jachen schaut ebenfalls durch sein Fernglas und entdeckt am gegenüberliegenden Hang, wonach sie seit Tagen vergebens Ausschau gehalten haben: Ein Rudel Gämsen, in der aufgehenden Sonne äsend ihren Hunger stillend.

«Komm!», ruft Linus und rennt den Berg hinauf.

Jachen schüttelt den Kopf.

«Das bringt nichts, Linus! Wir müssen das langsam angehen, aufpassen, dass wir die Tiere nicht verscheuchen!», ruft er ihm nach.

Linus hält an und kommt ein paar Schritte zurück. Sein Gesicht ist gerötet, seine Hände zittern vor Erregung.

«Jagdfieber!», denkt Jachen.

«Wenn du mir das vermasselst, bin ich das letzte Mal mit dir auf der Jagd gewesen!», brüllt Linus. Er rennt weiter den Hang hinauf, legt sich zwischen zwei Alpenrosenbüschen auf den Bauch und richtet sein Jagdgewehr auf die Gämsen.

Jachen versucht es noch einmal.

«Sie sind zu weit weg, Linus!», ruft er laut.

Doch sein Freund stellt sich taub. In seinem Zielfernrohr sieht er die Gämsen klar und deutlich. Er schwenkt durch die weidenden Tiere und entdeckt einen Gamsbock, bei dessen Anblick explosionsartig ein uraltes Programm in den Tiefen seines seines Stammhirns aktiviert wird. Sein Adrenalinspiegel steigt, der Atem geht schneller. Linus taucht in eine Zeitebene ein, die ihn von der Realität trennt. Im Hintergrund hört er Jachen, der versucht, sein Vorhaben zu verhindern.

«Lass es, Linus!», brüllt Jachen.

Linus fühlt sich von der Stimme bedroht. Sie raubt ihm die Konzentration, die er für den Schuss benötigt. Was ihn furchtbar wütend macht.

Jachen lässt sich neben seinem Jagdkollegen auf die Knie fallen. Doch er kommt zu spät. Linus drückt den Abzug. Die Kugel streift den Gamsbock am Rücken. Er erschrickt und rennt mit der ganzen Herde davon, was dazu führt, dass Linus sämtliche Flüche, die er in seinem Leben gesammelt hat, in die klare Bergluft hinausschreit.

«Deinetwegen konnte ich mich nicht auf den Schuss konzentrieren. Du bist schuld, wenn meine Familie, meine Sippe, Hunger leidet!», brüllt Linus ausser sich vor Wut.

Jachen, der nicht versteht, was mit seinem langjährigen Freund los ist, versucht, ihn zu beruhigen.

«Aber Linus, deine Familie hatte noch immer genug zu essen. Wir alle. Auch ohne Wild.»

Mit dem Gewehr auf den Knien hurt Linus zwischen Alpenrosen und getrockneten Kuhfladen. Abwesend blickt er durch Jachen hindurch. Sieht und fühlt, was er niemandem wird erzählen können, das weiss er ganz genau. Mehrere Szenen, ineinander verwoben. Frauen, Kinder. Seine Familie. Blockhütten. An einem grossen See, mitten in einem riesigen Wald. Es sind seine Leute, seine Sippe. In Felle gekleidet. Kinder spielen am Wasser. Frauen kochen an offenen Steinherden. Ein Mann hat mit Pfeil und Bogen ein Wild erlegt. Er trägt seine Beute auf den Schultern in die Blockhütte, lässt das tote Tier vor seiner Frau auf den Tisch fallen. Sie küsst ihn. Über ihre Schulter hinweg schaut der Jäger Linus an und hebt die Hand zum Gruss.

Später Abend in der Jagdhütte. Linus starrt mit grossen Augen in sein Weinglas.

«Was ist, Linus? Hast du ein Gespenst gesehen?», fragt Bartli, der älteste Jäger.

Als Linus weiter schweigt, erzählt Jachen, was geschehen ist. Dass Linus, trotz der zu grossen Entfernung, auf den Gamsbock geschossen habe.

Jetzt hämmert der Beschuldigte die Faust auf den Tisch und brüllt: «Dieser Idiot hat mir den Schuss versaut!»

Am nächsten Morgen weigert sich Linus, mit Jachen auf die Jagd zu gehen. Bartli schlägt daraufhin vor, dass er und die anderen Jagdkollegen für ihn als Treiber agieren, damit Linus doch noch die Möglichkeit auf einen Abschuss bekommt.

Mit dem Jagdgewehr im Anschlag liegt Linus unter einer Fichte. Durchs Zielfernrohr beobachtet er das mannshohe Gebüsch, aus dem das Wild auftauchen soll. Sein Adrenalinspiegel steigt, die Adern pochen. Dann bewegen sich die Stauden ... Linus fackelt nicht lange. Schiesst. Und trifft. Die Kugel zerschmettert Jachens linke Schulter, was sehr schmerzhaft, ist, aber zum Glück nicht tödlich.

Linus wird verdächtigt, absichtlich auf seinen Jagdkollegen geschossen zu haben und wird verhaftet. Da jedoch schnell klar ist, dass mit ihm etwas nicht stimmt, wird er nach ein paar Tagen in eine psychiatrische Klinik eingeliefert, wo er, trotz Medikamenten und Psychotherapie, stur bei seiner Aussage bleibt, nicht auf Jachen sondern auf eine Gämse geschossen zu haben, um seiner Sippe das Überleben zu sichern.

DIE ENTSCHEIDUNG

Ein Ferienhaus in einem Berggebiet im Bündnerland. Früher Nachmittag. Tische auf dem Rasen hinter dem Haus. Kinder tollen umher. Spielen, kreischen. Ihre Mutter ist damit beschäftigt, die Gäste der Geburtstagsfeier ihres Mannes zu bedienen. Nora und Nemo sind seit fünfzehn Jahren verheiratet und haben zwei Buben. Zwölf und acht Jahre alt.

Abwesend beobachtet der Vater, wie seine Kinder mit ihren Cousins auf dem Rasen herumtollen. Sein Herz ist schwer. Denn nur ihnen zuliebe hält er die Beziehung noch aufrecht. Weil er weiss, dass sie ihn vermissen werden. Und er sie.

Einer anderen Frau wegen die Familie zu verlassen würde bedeuten, dass nicht nur sein, sondern auch das Leben seiner Frau, seiner Kinder und das der Familie seiner Geliebten auseinandergerissen würde. Ganz zu schweigen von der Belastung für Eltern und Grosseltern. Alles, was für Kinder als wichtig und notwendig erachtet wird, um sich geborgen zu fühlen, würde er seiner Liebe opfern. Einer Liebe, die ihn erfüllt, wie er es noch nie erlebt hat. Die andere Frau kann ihm geben, wonach er lange gesucht hat: Liebe, Leidenschaft. Wärme und Zuwendung. Geborgenheit und Wertschätzung. Doch es wäre ein grosser Schritt für ihn. Ein sehr grosser!

64

Während Nemo seine Kinder beim Spielen beobachtet, erinnert er sich an seine Kindheit. An die ersten Jahre. An die Mutter, die sich liebevoll um ihn kümmerte, bei der er sich geborgen fühlte. An den Vater, der das Wohnzimmer, den grössten Raum in der Dachwohnung des alten Hauses an der stark befahrenen Strasse mitten in der Stadt, für seine Mal-Experimente benutzte. Manchmal ausrastete und Gegenstände durch die Wohnung warf, was ihm Angst machte.

Mit Nemo am Tisch sitzen sein Schwiegervater, der vor ein paar Jahren seine Frau verloren hat, der Bruder seiner Frau und der Mann von Noras Schwester. Man beginnt mit Bier und wechselt, sobald das Fleisch vom Grill gar ist und die Beilagen serviert werden, zu Rotwein, was die Stimmung immer mehr lockert.

Nemos Eltern fehlen. Er hat sie nicht eingeladen. Weshalb, weiss er auch nicht so genau. In sich gekehrt, kümmert er sich um den Grill. Stochert gedankenverloren in der Glut herum. Was ausser seiner Frau niemandem auffällt, da er kein grosser Redner ist.

Ein Jahr später.

Nemo hat den Schritt gewagt. Er ist mit der Frau zusammengezogen, die ihm all das gibt, was er bei seiner Frau seit Jahren vermisst. Er hat ein altes Haus gemietet. Genug Platz für alle. Auch für die Kinder seiner Freundin. Dass die Leute reden, ist klar. Aber damit müssen sie leben. Wie alle, die das enge Gehege der Konventionen verlassen.

Ihre Liebe ist stark. Sie wird das überleben. Doch es gibt auch Probleme. Denn so einfach ist das Ganze nicht. Nemo hat sich viel vorgenommen. Seine Freundin noch mehr. Doch ihre Kinder stehen zu ihrer Entscheidung. Im Gegensatz zu ihren Eltern.

Nemos Eltern sind da anders. Sie wollen nur, dass es ihrem Sohn gut geht. Dass er glücklich ist. Sie kennen solche Situationen, weil sie vor vierzig Jahren Ähnliches durchgemacht haben.

Damals wollte sein Vater sein Leben neu ausrichten. Weg von dem bürgerlichen Alltagstrott. Kunst machen. Malen. Seine Frau machte mit, bis es ihr zu viel wurde. Sie trennten sich.

Nemos Mutter musste arbeiten, um mit ihrem fünfjährigen Sohn über die Runden zu kommen. In einer grossen, fremden Stadt. Nemo kam in den Kindergarten und zu einer Tagesmutter.

Währenddessen zog sein Vater – der temporär auf seinem Beruf arbeitete, in einer alten Dachwohnung Leinwände bemalte und sich mit esoterischen Lehren befasste – mit einer Lederumhängetasche

66

einsam und allein durch die Gegend. Dass die Malerei nur ein weiterer Schritt auf seiner Suche nach dem Sinn des Lebens war, wusste er noch nicht.

Er verbrachte viel Zeit in Cafés, schrieb ganze Hefte voll, mit allem, was ihm so in den Sinn kam und ihn im Moment belastete. In erster Linie natürlich die Beziehung zu seiner Frau, die ihm in seinem Selbstverwirklichungs-Trip in den Rücken gefallen war.

Nach zwei Jahren zog Nemos Mutter mit ihrem Sohn zurück ins Bündnerland. Allein in der grossen Stadt fühlte sich sein Vater einsam. Und so bestieg er, nach seiner Drei-Tage-Woche in der Druckerei, am Mittwochabend jeweils den Zug ins Bündnerland, verbrachte vier Tage mit Frau und Kind und fuhr am Montagmorgen wieder für drei Tage in die Stadt zur Arbeit.

Nach einem knappen Jahr war es dann so weit: Nemo hatte seinen Vater wieder. Doch das Ganze hatte bei ihm Spuren hinterlassen. Tief in seinem Inneren gährte ein unbewusster Groll auf das, was seine Eltern ihm angetan hatten.

Kaum dass er die Lehre abgeschlossen hatte, zog er zu seiner Freundin und liess nichts mehr von sich hören. Es dauerte ein ganzes Jahr, bis er seine Eltern zu einem kurzen Besuch einlud. In die

Wohnung, die sie im Haus der Eltern seiner Freundin gemietet hatten.

Jörg, Noras Vater, schloss Nemo bei Begrüssung und Abschied jeweils in die Arme. Sein leiblicher Vater reichte ihm nur die Hand. So wie es am Berg, wo er aufgewachsen, eben üblich war.

Nemos Vater ist jetzt fünfundsiebzig. Seine Mutter fünf Jahre jünger. Die Beziehung zu ihrem Sohn hat sich verändert. Vor Kurzem hat Nemo seine Eltern mit seinen Kindern und der Freundin besucht. Silla ist eine aussergewöhnliche Frau, mit der man über alles reden kann. Bei jedem Zusammentreffen schliesst sie die Eltern ihres Freundes in die Arme.

Nemo hat einen schweren Weg gewählt, aber er ist glücklich. Und alt genug, um die Verantwortung für sein Leben zu übernehmen. Und das tut er auch. Mit einer Frau, die er liebt. Mit der Frau, die ihn liebt.

DIE BAUMHÜTTE

Liam hörte, dass es zu regnen begonnen hatte. Er drehte sich auf die andere Seite und versuchte, weiterzuschlafen. Doch etwas in ihm war nicht bereit dazu. Er horchte in die Dunkelheit und stellte fest, dass der Regen stärker geworden war. Eine zeitlang hörte er, was ihm seltsam vorkam, jeden Tropfen einzeln aufs Dach klatschen. Dann wurde der Rhythmus schneller und schneller, bis nur noch ein Rauschen zu hören war. Dazu schien ein gewaltiger Wind aufgekommen zu sein, der das ganze Haus und sogar sein Bett in Bewegung versetzte.

Liam tastete nach dem Lichtschalter ... und griff ins Leere. Auch sein Handy, das er vor dem Einschlafen auf den Nachttisch gelegt hatte, war nicht auffindbar. Er tastete den Boden ab, verlor das Gleichgewicht und fiel aus dem Bett.

«Was zum Teufel ..?»

Der Regen prasselte aufs Dach, der Wind zerrte am Haus. Der Boden schwankte wie ein Schiff auf hoher See. Liam kroch zurück ins Bett, das ihm plötzlich ungewohnt hart und schmal vorkam und seltsamerweise nach trockenem Gras oder Heu roch. Als er in der Dunkelheit prüfend die Wand abtastete, war ihm, als ob sie aus Holz wäre. Einen Moment lang dachte er daran, seine Frau aufzuwecken. Doch dann liess er es bleiben.

Er wusste, dass Lea ungehalten reagieren konnte, wenn sie mitten in der Nacht aus dem Schlaf gerissen wurde. Also legte er sich auf die Seite und schlief wieder ein.

Als Liam das nächste Mal aufwachte, war es hell. Durch ein kleines Fenster in der Wand gegenüber schien die Sonne in einen Raum von etwa fünf bis sechs Quadratmetern.

Die Wände aus rohen Brettern. Das Bett eine aus Ästen zusammengezimmerte Pritsche. Die Matratze ein mit trockenem Gras gefüllter Jutesack. An einer Wand stand ein grob gezimmerter Holztisch und ein ebensolcher Stuhl. Über der Lehne seine Windjacke, auf der Sitzfläche die Jeans, auf dem Holzboden darunter die Trekkingschuhe. Daneben, an die Wand gelehnt, ein dunkelgrüner, vollgepackter Rucksack. Aufgeschnürt ein eingerollter Armee-Schlafsack samt Aussenhülle mit der zentimeterdicken Schaumstoff-Liegematte, die Liam vom Militärdienst her kannte. Es sah aus, als ob er in der vergangenen Nacht zum Wandern ausgerüstet in dieser Hütte angekommen wäre, sich ausgezogen, seine Kleider auf den Stuhl und sich zum Schlafen auf die Pritsche gelegt hätte, vor der ein schmutziger alter Teppich den Boden bedeckte. Über dem Tisch an der Wand hing ein roh gezimmertes Holzgestell, auf dem sich ein Krug, eine Tasse und ein Wasserglas befanden.

Verwirrt erhob Liam sich von seiner Liege und entdeckte an der rechtsseitigen Wand den Holzgriff einer Tür ... Knarrend schwang sie nach innen auf. Davor eine Art Balkon, aus Ästen gezimmert. Was Liam von dort aus sehen konnte, verschlug ihm den Atem. Die Hütte, in der er die Nacht verbracht hatte, war auf den Ästen eines riesigen Baumes erbaut worden, der, höher als alle anderen Bäume, Teil eines Urwaldes zu sein schien. Rundum Bäume. Bäume und noch mehr Bäume. Soweit das Auge reichte.

Liam schaute in die Tiefe. Die Erbauer mussten, um in die Hütte und wieder zurück auf den Boden gelangen zu können, doch irgendwo eine Leiter oder mindestens Tritte angebracht haben. Doch konnte er nichts dergleichen entdecken. Er sah nur zwei der vermutlich drei oder vier gewaltigen Äste, auf denen die Baumhütte ruhte. Die Erkenntnis, dass er sich allein in einem Urwald in etwa dreissig Meter Höhe in einer Baumhütte befand, löste ein beklemmendes Gefühl in seiner Brust aus. Angst!

«Wie bin ich mitten in der Nacht hierher gelangt? In einen Urwald? Ausgerüstet, als ob ich auf eine Wanderung gewollt hätte? Und wie komme ich wieder nach Hause», fragte er sich.

72

Liam schloss die Tür, legte sich auf die Pritsche und starrte die Bretter an, die über ihm das Dach der Hütte bildeten. Plötzlich hörte er Stimmen. Vogelstimmen. Rufe. Gezwitscher. Gebellartige Geräusche, unterbrochen von lang gezogenem Heulen. Er schloss die Augen, horchte und stellte fest, dass ihm keiner der Laute bekannt vorkam.

Irgendwann erhob er sich von seinem Lager, hievte den Rucksack aufs Bett, schnürte ihn auf und staunte. Er enthielt alles, was zum Überleben in der Wildnis benötigt wurde: Ein Survival-Kit mit Beil, Bushcraft-Messer, Taschenlampe und Kompass. Kocher mit Trockenbrennstofftabletten, eine Trinkflasche mit Becher und dazu in Tages-rationen verpackte hart gepresste Notrationen, die vermutlich für eine Woche reichen würden. Dann ein ziemlich schweres Teil, das sich als ein Ein-Mann-Zelt entpuppte. Dazu eine Plastikpe-lerine und eine kleine Apotheke. Was fehlte, war etwas Trinkbares.

Liam inspizierte das Fenster gegenüber der Tür, das aus einer durchsichtigen Plastikfolie bestand, die rundum mit Holzleisten festgeschraubt worden war. Darunter, in Bodennähe, entdeckte er eine Holzleiste von etwa zwanzig Zentimetern Länge. Er drückte sie mit dem Fuss nach unten. Eine Vor-richtung schwang auf, auf der eine mit Regenwasser gefüllte kleine blaue Tonne stand, ähnlich der, die er hinter seinem Haus aufgestellt hatte.

Liam nahm den Krug vom Gestell, tauchte ihn ins Wasser, stellte das Gefäss auf den Tisch, füllte das Glas und trank. Nachdem er seinen Durst gestillt hatte, sass er längere Zeit da und überlegte, was er tun sollte. Er setzte sich auf die Pritsche, stützte den Kopf in die Hände. Und wie er so auf den zerschlissenen Teppich unter seinen Füssen starrte, hatte er plötzlich eine Eingebung. Er liess sich auf die Knie fallen und zog das abgenutzte Teil zur Seite ... Ein Metallring wurde sichtbar ... Er zog daran und eine Luke wurde sichtbar. Überrascht starrte er hinunter auf eine aus Ästen gezimmerte Leiter.

«Ich bin gerettet! Ich bin gerettet!», schrie er wie von Sinnen und tanzte mit ausgebreiteten Armen durch die kleine Hütte.

Nachdem er sich beruhigt hatte, schloss er die Luke, zog den Teppich darüber, legte sich auf die harte Pritsche und fragte sich, wie er mit dem riesigen Rucksack durch die kleine Öffnung auf die Leiter und von dort auf den Boden gelangen sollte?

Auf jeden Fall muss ich warten, bis die Äste trocken sind, dachte er, legte sich auf die Seite, schloss die Augen und lauschte mit Verwunderung den fremdartigen Stimmen des Urwaldes.

Der Wind wiegte die Hütte wie eine Mutter ihr Kind. Die sanfte Bewegung entspannte ihn, die Angst verschwand. Ein Gefühl von Geborgenheit, von Zuhausesein, breitete sich in ihm aus, wie er es noch nie erlebt hatte. Er hätte sich fragen können, wo auf der Welt er sich befand. Doch es war ihm egal. Seine Frau, sein Job, seine Kollegen, ja, sein ganzes altes Leben, mit allem, was dazugehörte, hatte jede Bedeutung verloren.

Im Wohnzimmer brannte Licht, als Liam die Augen aufschlug. Verwirrt blickte er um sich. Wenige Meter entfernt sah er ein Haus, das ihm bekannt vorkam ... Er schaute nach oben ... Das Hüttendach war verschwunden. Der Mond schien. Sterne blinkten. Wie war das möglich? Was war geschehen, während er geschlafen hatte?

Eine Gestalt tauchte aus dem Licht auf, schwebte auf ihn zu, kam näher und näher ...

«Bist du ein Engel?», fragte Liam verwirrt.

«Nein, ich bin Lea, deine Frau. Komm, steh auf, es ist schon spät.»

Liam rieb sich die Augen. Gerade eben hatte er sich in der Baumhütte noch so wohl gefühlt ... war dann wohl eingeschlafen ... um etwas später auf dem Liegestuhl vor seinem Haus aufzuwachen ... Wie verrückt war das denn?

Lea nahm ihren Mann an der Hand, zog ihn ins Wohnzimmer, schloss die Tür und drückte ihn auf die Couch.

«Leg dich hin, Schatz. Ich mach' uns einen Tee. Und dann müssen wir reden! Ich will wissen, weshalb du vor zwei Tagen mitten in der Nacht verschwunden bist und wohin. Zudem würde mich interessieren, warum du riechst, als ob du eine Woche im Wald gelebt hättest?»

Es war nicht einfach. Probleme hatte Liam immer mit dem Verstand gelöst. Allerdings nur, wenn sie nichts mit seiner Frau zu tun hatten. Mit ihr wurde es meist schnell emotional. Und das behagte ihm nicht. Er fühlte sich dann jeweils, als ob er ein Minenfeld durchqueren müsste. Jede Frage konnte eine versteckte Sprengladung beinhalten, und jede falsche Antwort konnte sie hochgehen lassen. Deshalb überlegte er lange, was er Lea erzählen sollte.

«Wo ich war? Was meinst du damit?»

«Liam! Am letzten Samstagabend haben wir diesen Liebesfilm geschaut, sind danach ins Bett gegangen und haben noch lange über meinen Kinderwunsch geredet ... So gegen drei Uhr nachts bin ich aufgewacht, und du lagst nicht im Bett. Ich habe dich im ganzen Haus gesucht, doch du warst verschwunden. Dein Handy lag unter einem Kissen auf der Couch, und es war gesperrt. Hast du zu all dem eine Erklärung!?», schrie Lea.

«Bitte keine Panik!», murmelte Liam, beunruhigt über den emotionalen Ausbruch seiner Frau.

«Ok, aber es fällt mir nicht leicht!», zischte Lea.

«Mir auch nicht, Schatz, das kannst du mir glauben. Denn weder weiss ich, wie ich mein Bett verlassen habe, noch wie ich mitten in der Nacht in diese Baumhütte geraten bin.»

«Wie? Du warst in einer Baumhütte?»

«Genau. Doch wie ich dorthin gelangt bin, weiss ich nicht. Es war dunkel, als ich aufwachte, und es regnete. Zuerst hörte ich nur einzelne Tropfen, dann prasselte es immer heftiger, bis es rauschte wie ein Wasserfall. Und der Wind das Haus in Bewegung versetzte ...»

«Das Haus?»

«Ja, weil ich im Halbschlaf dachte, dass ich zu Hause wäre. Ich wunderte mich, weshalb mein Bett plötzlich so hart war und dachte daran, dich aufzuwecken. Doch dann war ich zu müde, der Sache auf den Grund zu gehen und schlief wieder ein. Als ich aufwachte, war es Tag. Und ich lag auf einer Pritsche in einer Baumhütte ...»

Lea hatte schweigend zugehört.

«Und, wo war diese Hütte, Schatz?», fragte sie gefährlich leise.

Liam strich sich mit der Hand über die Augen.

«Mitten in einem riesigen Wald. Den Vogelstimmen nach in einem Urwald. Mein Baum war höher als alle anderen, und in der Hütte befand sich ein grosser Rucksack ... mit allem, was man zum Überleben in der Wildnis benötigt ...»

Lea starrte Zeit schweigend vor sich hin. Dann begann sie mit leiser Stimme zu reden: «Liam, wir haben doch immer alles zusammen gemacht. Uns immer alles anvertraut. Keine Geheimnisse voreinander, ganz egal, was Schlimmes geschehen mag, das haben wir uns versprochen, oder? Deshalb habe ich dir auch von meinem Kinderwunsch erzählt, obwohl ich wusste, dass dich das in Bedrängnis bringt, weil du noch jede Menge andere Dinge erleben möchtest, die mit einem Kind nicht vereinbar sind ...»

Liam erschrak, als ihm klar wurde, was seine Frau im Schilde führte. Sie wollte in die Hütte. Auf seinen Baum hinauf. Den Wald kennenlernen, den er selbst noch gar nicht hatte erforschen können, weil die Leiter nass vom Regen gewesen war.

«Äh, ja ... Haben wir uns das wirklich alles versprochen?», stammelte er.

Leas Gesicht bekam Farbe. Aus ihren Augen schossen Blitze.

«Natürlich haben wir das!», schrie sie.

«Übrigens auch das mit dem Handy. Sag nicht, du hast es vergessen! Ich konnte nicht darauf zugreifen. Hast also doch etwas zu verbergen! Raus mit der Sprache! Ich will wissen, wer diese Frau ist? Wie lange geht das schon mit euch beiden?»

Und dann, schluchzend: «Wie konntes du mir das nur antun, Liam?»

Liam schaute in Leas Augen, die ihn, dunkel vor Schmerz, anklagend anstarrten, und empfand, als er realisierte, dass Lea ihm nicht glaubte, seltsamerweise ein Gefühl grosser Erleichterung. Lea wollte nicht in seine Baumhütte. Sie war überzeugt, dass er eine Geschichte erfunden hatte, weil er bei einer anderen Frau gewesen war. Das war allerdings so weit weg von der Wahrheit, so absurd, dass Liam wie betäubt dastand.

Und plötzlich war da nur noch Stille. Liam sah, wie Lea in Zeitlupe die Lippen bewegte, sich die Tränen von den Wangen wischte, zur Tür stürmte, sie aufriss und hinter sich zuschlug ...

Als der Ton wieder einsetzte, hörte Liam den Regen aufs Dach seiner Hütte trommeln, den Wind durch die Bäume des Waldes brausen .... Der Wind wurde zu einem Orkan, der Regen zu einer Sturzflut. Liam legte sich auf den schwankenden Boden und klammerte sich mit beiden Händen an die Pfosten der schmalen Liege.

Lange, grelle Blitze schlugen in die Bäume rundum ein, krachende Donnerschläge explodierten in nächster Nähe. Doch Liam empfand keine Angst. Ein Gefühl, von Liebe, von Geborgenheit, von Zuhause sein, breitete sich in ihm aus, überwältigte ihn vollständig und löschte alle Zweifel, alle Bedenken, alle Ängste, die er je in seinem Leben gehabt hatte, aus.

Als das Gewitter nachliess, legte Liam sich auf die Pritsche, auf den mit trockenem Gras gefüllten Jutesack, um sich auszuruhen. Langsam dämmerte ihm, dass der Baum, auf dem seine Hütte stand, tief in seinem Inneren verborgen war, unauffindbar und stark genug, jedem Sturm zu trotzen.

GRENZERFAHRUNG

Es war Herbst geworden. Gian besuchte, wie all die letzten Jahre um diese Zeit, sein Maiensäss. Er fuhr mit seinem SUV vom Tal, wo er seit über dreissig Jahren wohnte, hinauf ins Bergdorf, in dem er seine Kindheit verbracht hatte. Kurve um Kurve. Die Dörfer im Tal wurden kleiner und kleiner, die Berge sanken langsam tiefer.

Er fuhr durch sein Heimatdorf, an seinem Elternhaus vorbei, das jetzt Leuten aus Hamburg gehörte. Eine Sekunde lang dachte er an seine Kindheit auf dem Bauernhof. Doch dann war er schon durch. Das Dorf war so klein.

Er fuhr an einem Hof vorbei zum Nachbardorf, wo der Alpweg begann. Bevor er abbog, streifte sein Blick das Schulhaus. Es war erbaut worden, als er acht Jahre alt gewesen war. Dann die Kirche mit dem Friedhof, auf dem seine Eltern und alle Leute, die auf der Bühne seiner Kindheit eine Rolle gespielt hatten, begraben waren.

Die Alpstrasse war in einem schlechten Zustand. Und das schon seit Jahren. Als Gian ein junger Mann gewesen war, hatte man die Naturstrasse mit einer dicken Lage Teer überzogen. Das Material wies schon bald an vielen Stellen Risse auf. Darin wuchs Gras, das die Spalten vergrösserte und die Ränder in die Höhe schob.

Weil seine Frau nicht neben ihm sass, fuhr Gian im dritten Gang. Obwohl der zweite besser zu Strasse und Wetter gepasst hätte. Der SUV schaukelte, sprang und hüpfte, als ob er auf einer Rallye wäre.

Nach zwanzig Minuten und vielen Kurven sah er seinen Stall, der etwa zehn Meter unterhalb der Strasse stand. Er fuhr daran vorbei, wendete, stellte das Auto in die Wiese, die einst seiner Familie gehört hatte, zog sein Handy aus der Faserpelzjacke, warf einen Blick darauf, verstaute es wieder, öffnete die Tür, stieg aus, setzte das Jack Wolfskin-Cape auf, zog die Jacke an, die wie immer auf dem Rücksitz lag, und lief durch den Regen über die geteerte, nasse Strasse zur der Stelle, wo seine Wiese begann.

Bei schönem Wetter hätte er fast siebenhundert Meter ins Tal hinunter sehen können. Doch im Moment war das nicht möglich. Beim Waldrand verschwanden die schon gelb gefärbten Lärchen immer wieder in Nebelschwaden, die hin und her wogten, sich auflösten und dichter werdend sich über die Wipfel der Bäume schoben.

Vorsichtig stieg er das steile Wiesenbord zum Stall hinab. Wie jedes Jahr um diese Zeit war das Holztor zum Heuschober auf der Hangseite – wie auch der talseitig liegende Eingang zum Viehstall –

von Nesseln überwachsen. Hoch aufgerichtet, fast drohend, standen sie da, wie eine Armee aus seltsam verkleideten Soldaten.

Der Stall hatte einst zum Maiensäss seiner Eltern gehört. Als Gian ein Bub gewesen war, hatte er mit der Mutter und den zwei Brüdern das Gras, das Vater und Onkel gemäht hatten, zetten, wenden und zusammenrechen geholfen. Das trockene Heu wurde in Blachen gefüllt und von Vater und Onkel auf den Schultern zum Stall hinunter getragen.

Gian lief zum Eingang des Viehstalles auf der Talseite, stampfte das Unkraut nieder, bis er den grossen Stein, der die Türe blockierte, wegrollen konnte.

Er drehte den rostigen Nagel, der den oberen halbseitigen Teil der Tür zuhielt, nach rechts, worauf sich das sonnenverbrannte Holzteil knarrend auf die Seite fallen liess. Der Zugang zu den beiden hinteren Türflügeln war frei. Gian nahm den Schlüsselbund aus der Jacke und öffnete das Sicherheitsschloss, das er vor mehreren Jahren dort angebracht hatte.

Mit beiden Händen gleichzeitig schob er die Flügel zur Seite und trat in den Stall. Feuchter, abgestandener, vertrauter Stallgeruch schlug ihm entgegen. Linkerhand, auf der ersten *Brügi,* stand immer noch die schwere Holzkarette, mit der er und seine Brüder jeden Morgen den Kuhdung zum Stalleingang und von dort über ein Brett auf den Miststock gekarrt hatten.

Gian konnte kaum glauben, an was er sich erinnerte. Dass es wirklich so gewesen war. Er dort im schmalen Barmen neben dem Vieh geschlafen hatte. Sein Bruder in der Pritsche an der Wand. Von der Decke hingen noch die Aufbindschnüre, mit denen sie nach dem Hüten und Einstallen die Schwänze der Tiere hochgebunden hatten, damit sie am Morgen nicht im Mist lagen.

Gian lief durch den Stall zur *Traufla*, in die er einst das Heu hinuntergeworfen und in die Barmen der Tiere verteilt hatte. Da drin stand noch immer die alte Holzleiter. Die einzige Möglichkeit, auf den Heuboden zu gelangen, weil der Schlüssel zum hangseitig gelegenen Tor verloren gegangen war.

Er klappte die einbeinige Holzbank herunter, setzte einen Fuss darauf und stieg auf die Leiter. Nach zwei Sprossen konnte er den Kopf durch die Öffung schieben und den Heuboden überblicken.

Alles sah aus wie jedes Jahr. Vom Giebel bis zum staubigen Bretterboden fiel, trotz Regen und Nebel, Licht in den Stall.

Gian stieg eine Sprosse höher, zwängte die Schultern durch die Öffnung, dann den ganzen Körper.

Vorsichtig lief er auf einem der Hauptträger nach vorne. Etwas Heu lag auf dem Boden. Sein Nachtlager vom letzten Jahr. An der Wand die kleine Bank. Ein Brett auf zwei Holzrollen, etwa dreissig Zentimeter hoch. Gian setzte sich und schaute durch die Spalten der Rundhölzer hindurch auf das Maiensässdorf hinunter, das nur wenig über der Nebelzone lag.

Der Regen war stärker geworden. Prasselte, trommelte, rauschte aufs Eternitdach und floss dann als kleiner Wasserfall hinunter auf die Wiese.

Gian erhob sich, lief zum Scheunentor, fasste mit jeder Hand einen der eisernen Riegel, schob den einen nach rechts, den anderen nach unten, trat gegen das Tor, warf sich mit dem ganzen Körper dagegen, bis sich das Unkraut davor geschlagen gab.

Das Vordach schützte ihn vor dem Regen, während er die Nesseln zu Boden stampfte. Nachdem er den steilen Hang hinauf zur Strasse geschafft hatte, schaute er nach oben in den grauen Himmel. Das Wasser lief ihm übers Gesicht, in die Augen, ins Genick. Doch es störte ihn nicht.

Im Kofferraum lag der Rucksack und ein grüner Armeeschlafsack. Er strich mit der Hand über die wasserdichte Aussenhülle. Erinnerte sich. Wie oft hatte er im Militär in so einem Teil geschlafen.

Bei einer Übung im Spätherbst. Unter einer Fichte und die ganze Nacht kein Auge zugetan. Weil die Truppe ihn vergessen hatte. Doch es war schön gewesen. Der Himmel voller Sterne. Eine riesige glitzernde Glocke. Nur für ihn.

Ein andermal auf einem Pass. Im Januar, zwanzig Grad Minus. In einer Höhle, die er und seine Kameraden in stundenlanger Arbeit in eine riesige Schneewehe hineingegraben hatten. Nur eine dünne Matte unter dem Schlafsack, zwischen dem kalten Weiss, Kleidung und nackter Haut.

Gian schulterte den Rucksack, klemmte den Schlafsack unter den Arm, liess den Kofferraumdeckel zufallen und stand wieder im Regen. Als er den Hang zum Stall hinab lief, rutschte er aus und rollte mit einem Aufschrei vor das Stalltor und auf die Nesseln, die er vor zehn Minuten zu Boden gestampft hatte. Der Rucksack stützte ihn wie ein grosses Kissen.

Er schaute nach oben zum Vordach, betrachtete die von vielen Jahren Regen und Schnee halb verfaulten, silbrig gefärbten Schindeln, die ihn an Fischschuppen erinnerten. Sein Vater hatte damals nur das Hauptdach mit Eternit decken lassen. Das Vordach hatte trotzdem gehalten. Die Schindeln hatten dem Verfall getrotzt. Und das würde er auch.

Gian rollte sich auf die Seite, zerrte den Rucksack von den Schultern, stand stöhnend auf und schleppte sein Gepäck auf den Heuboden. Dann zog er die schweren Türflügel zu, schob die beiden Riegel vor, rollte den Schlafsack aus und legte ihn auf das dürre Heu vor der kleinen Holzbank.

Die Dämmerung hatte eingesetzt, im Stall war es dunkel geworden. Doch das war kein Problem. Gian hatte an alles gedacht, wie jedes Jahr.

Im Rucksack befanden sich: Eine Taschenlampe, sein Armeemesser, ein Feuerzeug. Ein Brot, eine Salami, zwei hart gekochte Eier mit Würze, ein Behälter mit kleinen süssen Rispentomaten, Streichkäse. Eine grosse Thermosflasche mit Tee und eine kleinere mit heissem Kaffee, den er am Morgen trinken würde. Dazu ein Plastikteller, ein Becher und ein Set mit Messer, Gabel und Löffel.

Gian knipste die Taschenlampe an, steckte sie über der Bank zwischen das Rundholz, kniete sich auf den Schlafsack und benutzte die kleine Holzbank als Tisch. Er legte das Brot darauf, die Salami, die Rispentomaten, die Schachtel mit dem Käse. Nahm das Messer, klappte es auf, schnitt vom Brot drei dicke Scheiben ab und öffnete die Thermosflasche mit dem Tee ...

Das Handy klingelte ... Seine Frau.

«Gut, danke! Alles bestens! Nein, keine Angst, ich bin vorsichtig. Nein, sicher mache ich kein Feuer! So dumm bin ich auch wieder nicht! Nein, ich friere nicht. Hab noch den Pullover eingepackt und die Trainerhose. Nein, an diesem Hang hat es noch nie einen Rutsch gegeben, ist gar nicht möglich, auch wenn es lange regnet nicht. Ja, ich weiss, einmal im Jahr mache ich das halt, das weisst du doch. Dafür gehe ich nicht auf die Jagd ... Jaaaa, also gut, bis morgen. Keine Angst, mir passiert nichts! Tschüssss ... schlaf gut ... tschüüüssss ...»

Gian steckte das Handy in den Faserpelz und begann zu essen. Die Brotscheiben mit Schmelzkäse, die Salami. Und ab und zu eine saftige Rispentomate.

Als er satt war, zog er die Regenjacke aus und hängte sie an einen rostigen Nagel, der vielleicht schon hundert Jahre dort im Rundholz steckte. Die Schuhe kamen zuunterst in den Schlafsack. So würden sie beim Aufwachen warm und trocken sein. Die durchnässten Jeans hängte er an einen anderen rostigen Nagel neben die Regenjacke, zog die Trainerhose an, schlüpfte in den Schlafsack, knipste die Taschenlampe aus und kuschelte sich in das weiche Material.

Seine Frau lag jetzt allein im Bett und machte sich Sorgen, doch das musste sie aushalten.

Längere Zeit hörte er dem Regen zu, der auf das Dach prasselte. Er fühlte sich geborgen, im Stall, wo er einst als Bub geschlafen hatte, zusammen mit seinen Brüdern und dem Vieh. Es war ein Gefühl, als ob er nach langer Zeit in der Fremde wieder nach Hause gekommen wäre.

In der Nacht klarte es auf. Der Nebel hatte sich zurückgezogen und war zu einem Meer geworden, das das ganze Tal bedeckte.

Als Gian aufwachte, war es bereits hell. Er zog den Reissverschluss nach unten und kroch aus dem Schlafsack. Sein Körper fühlte sich an, als ob er einen Tag im Steinbruch gearbeitet hätte. Vielleicht hatte seine Frau recht, und er war zu alt für diese Art Abenteuer.

Er nahm die Thermosflasche aus dem Rucksack, füllte den Plastikbecher mit Kaffee, schlug ein hartes Ei auf die kleine Bank, befreite es von der Schale, tat etwas Würze drauf, ass und trank dazu den lauwarmen Kaffee aus der kleinen Thermosflasche.

Die Schuhe im Schlafsack waren trocken und warm. Gian zog die Trainerhose aus und die Jeans an, dann die Schuhe. Rollte den Schlafsack zusammen, packte ihn auf den Rucksack, lief den Hang hinauf, verstaute ihn im Auto und lief zurück zum Stall, um das Tor zu schliessen. Nachdem er es von innen verriegelt hatte, zwängte er sich durch die enge Öffnung vom Heuboden in den Stall hinunter. Er schloss die beiden Holzflügel, liess das Sicherheitsschloss einschnappen, zog die Stalltür zu, befestigte sie mit dem rostigen Nagel und rollte den grossen Stein davor. Bevor er ins Auto stieg, bewunderte er eine Weile die Berge, das Nebelmeer. Es hatte bereits sein Dorf bedeckt. Bald würde auch er darin verschwinden.

Die jungen Einheimischen, die jeden Tag die Strasse ins Tal und wieder zurück fuhren, waren schnell unterwegs. Auch im Dunkeln und im Nebel. Sie kannten jede Kurve und wussten genau, wie schnell man sie befahren konnte. Es war eine Art Sport, den sie betrieben. Wendige Autos, geringer Bodenabstand, zweihundert PS oder mehr.

Auf der Alpstrasse gab es kaum Verkehr. Im Herbst waren die Bauern im Dorf, der Weg wurde nur selten befahren. Das Problem war die holprige Strasse, die nur auf wenige Meter zu erkennen war und im Nebel noch schmaler wirkte.

Gian atmete auf als er auf die breite, geteerte Hauptstrasse gelangte. Als er das Nachbardorf passiert hatte und für die nächste Kurve abbremste, tauchten zwei grelle Lichter auf ...

Plötzlich war der Nebel verschwunden. Gian sah das ganze Tal unter sich, beleuchtet von einer Lichtquelle, die er nicht ausmachen konnte. Es ging ihm ausserordentlich gut. Die Berge schienen zu strahlen, das Tal war so grün, wie er es noch nie gesehen hatte.

Er schaute nach unten. Sah den Berg mit seinem Heimatdorf, die Strasse, die gewunden ins Tal führte. Dann, gerade in der grossen Kurve unter dem Nachbardorf, zwei Fahrzeuge. Das eine lag unterhalb der Strasse auf dem Dach. Das andere hing schräg seitlich am steilen Wiesenbord. Ein junger Mann kroch heraus, richtete sich auf, lief hinkend über die Strasse und schaute zum SUV hinunter.

Gian glitt näher heran. Der junge Mann hielt ein Handy in der Hand und wählte eine Nummer.

Der Mann im SUV war bewusstlos und blutete aus einer Wunde am Kopf. Gian betrachtete ihn ein paar Sekunden, ohne etwas zu empfinden. Dann beschloss er, diesen Ort zu verlassen. Sofort befand er sich in einer Position, wo er weit über die Berge sehen konnte.

Er glitt nach oben, suchte das helle Licht, das die ganze Gegend einhüllte. Es war absolut wundervoll, schöner als alles, was er je zu träumen gewagt hatte.

Weit unten war schwach das peitschende Geräusch von Rotoren zu hören. Ein Hubschrauber flog vom Tal herauf und landete auf der Strasse. Zwei Männer in roten Anzügen stiegen aus und sprangen hinunter zum Unfallauto.

Der Bewusstlose wurde vorsichtig auf eine Trage gelegt, die Wiese hinaufgetragen und in den wartenden Heli geschoben.

Als er abhob und knatternd an Höhe gewann, fuhr ein Polizeiauto mit Blaulicht die Strasse hinauf. Der junge Bursche sass am Strassenrand neben seinem Auto und weinte.

Gian war weit ins Licht hineingegangen, in einen endlos scheinenden Horizont. Irgendwann hielt er an und blickte sich um.

Etwas zerrte an ihm. Ein Wind, der stärker wurde und ihn langsam zwang, zurückzuweichen. Immer weiter und weiter.

Bis er wieder dort war, wo er auf seinen Berg blicken konnte. Und dann noch weiter. Ins Tal, in die Stadt und in ein Zimmer in einem grossen, langen, mehrstöckigen Gebäude.

Ein Mann lag in einem Bett. Schläuche überall. Im Mund, in der Nase, am Arm. Die Frau, die daneben sass, war seine Frau, der er am Handy versichert hatte, dass ihm nichts passieren könne.

Ein Arzt versuchte, sie zu trösten: «Bei einem Komma können wir das nie genau sagen. Er kann in ein paar Tagen aufwachen oder auch erst viel später ...»

Gian wusste, dass er zurück musste, dass seine Zeit noch nicht gekommen war. Er fühlte, wie es ihn in seinen Körper und zu der Frau hinzog, die am Bett sass, seine Hand hielt und darauf wartete, dass er die Augen öffnete.

ZEITREISENDE

Benedikt Fontana

Sommer. Gian sitzt, wie fast jeden Morgen, auf dem Balkon vor seinem Laptop. Wunderschönes Wetter, fünfundzwanzig Grad. Eine Biene schwirrt über die Tastatur und landet auf dem Rand der Kaffeetasse.

Gian lässt den Blick hinauf zu den Bergen schweifen. Dann nach links über den Wald und wieder hinunter auf die Strasse ...

Erstaunt nimmt er wahr, dass man Bäume gepflanzt hat. Er beugt sich übers Balkongeländer ...

Plötzlich ertönt das Wiehern eines Pferdes, ein zweites gibt Antwort. Kurz darauf tauchen mehrere Reiter unter den Bäumen auf. Und was für welche! Es sieht aus, als ob sie sich um Jahrhunderte verirrt hätten. Hellebarden, Schwerter. Behaarte Gesichter. Dunkle Augen, voller Hass auf einen Feind, den Gian nicht kennt, nicht kennen kann. Der erste Reiter erblickt ihn auf dem Balkon. Er hebt die Hand, die Kolonne hält an, wild schnauben die Pferde.

«Gott zum Gruss», ruft er in einem seltsam altertümlich anzuhörenden Dialekt.

«Hallo zusammen! Wohin des Wegs?», ruft Gian zurück.

«Von Zuoz ins Münstertal, die Habsburger vertreiben, die vermaledeiten Schweine! – Wo sind wir hier?»

Gian schüttelt bedauernd den Kopf.

«Falls ihr an der Calven-Schlacht teilnehmen wollt, so seid ihr weit vom Weg abgekommen und dazu noch über fünfhundert Jahre in die Zukunft geritten.»

«Was sagt er da? Will er uns verwirren! Ist er gar ein Feind?!», schreit der erste Reiter.

Dann: «Los, tötet ihn!»

Der zweite Reiter zieht einen Pfeil aus dem Köcher und hebt die Armbrust ...

Erschrocken weicht Gian zurück, lässt sich zu Boden fallen, kriecht auf allen Vieren in die Küche und stösst mit dem Fuss die Türe zu ... Und schon durchschlägt ein Pfeil die Scheibe. Glassplitter verletzen sein Gesicht.

«Verdammte Idioten!»

Gian, rappelt sich hoch, torkelt zurück auf den Balkon, beugt sich zu den Angreifern hinunter und brüllt: «Ich bin kein Österreicher! Verschwindet, geht zurück, wo ihr hingehört!»

Der nächste Pfeil verfehlt ihn um Haaresbreite und bleibt in der hölzernen Wand über dem Balkontisch stecken. Gian ergreift einen faustgrossen Stein, den er vor Jahren bei einem Rheinausflug erbeutet hat, und wirft ihn hinunter auf den Angreifer. Sein Geschoss verfehlt den Schützen, trifft jedoch sein Pferd. Es erschrickt, schlägt aus, und der Reiter fliegt – zusammen mit der gespannten Armbrust – in hohem Bogen vom Pferd. Beim Aufprall auf dem Boden löst sich der Pfeil, schiesst nach oben und durchbohrt den Hals des ersten Reiters. Röchelnd fällt er vom Pferd. Sein Blut vermischt sich mit dem Staub der Strasse ...

Flüche, Verwünschungen seiner Kameraden ...

«Weisst du, wen du gerade getötet hast?», brüllt der Schütze entsetzt.

«Lass ihn Kamerad», röchelt Benedikt Fontana zu seinen Füssen. «Ich bin nur EIN Mann, achtet meiner nicht; heute noch Bündner und die Bünde oder nimmermehr!»

Zwei Tage später. In der Küche steht ein Mann. Bart, schwarze Augen. Schwert an der Hüfte, Dolch im Wams ...

«Benedikt? Was machst du hier?», ruft Gian entsetzt. «Hast du nicht vor ein paar Tagen einen Pfeil in den Hals gekriegt? Ich habe gedacht, du bist tot!»

Benedikt schaut ihn sinnend an. Dann kommen romanisch klingende Worte aus seinem Mund, die Gian überraschenderweise versteht.

«Dass du kein Österreicher bist, sehe ich jetzt klar und deutlich», sagt er ruhig und zeigt auf die Kaffeemaschine.

«Was ist das für ein Ding?»

«Das ist Tschiba, meine Kaffeemaschine.»

Gian kippt den Stromschalter auf ON und tippt auf den Startknopf. Mit lautem Knurren läuft das Startprogramm ab. Benedikt erschrickt und greift zum Dolch. Gian beschwichtigt ihn mit einer Handbewegung, holt eine Tasse aus dem Schrank und stellt sie unter den Auslauf.

«Das ist nur eine Maschine, Benedikt, eine Kaffeemaschine! Eines der vielen Dinge, die wir in den fünfhundert Jahren seit deiner Zeit erfunden haben.»

Während Gian den Rahm aus dem Kühlschrank holt, wandern Benedikts Blicke zwischen den beiden unbekannten Geräten hin und her. Wilde Gedanken bemächtigen sich seiner: Teufelswerk, Hexenmagie …

Gian erkennt seinen Zustand, hält ihm jedoch ungerührt die gefüllte Tasse vor die Nase und macht eine auffordernde Trinkbewegung. Nach einigem Zögern greift Benedikt zu.

«Kaffee! – Trinken!», befiehlt Gian in einem Ton, als ob er ein störrisches Kind vor sich hätte. Der Calvenheld schwankt zwischen Angst und Neugier. Doch dann gewinnt das Letztere. Er führt die Tasse an die Lippen, schmeckt, nimmt einen kleinen Schluck, einen zweiten …

«Gut, nicht?», fragt Gian erwartungsvoll.

«Gut, gut!», lacht Benedikt mit irrem Blick.

«Wie ist es dir eigentlich gelungen, so weit in die Zukunft zu reisen?», fragt Gian.

«Hast du eine Erklärung dafür?»

Benedikt starrt kurz auf den Küchenboden.

«Ich habe mit Erinnerungen experimentiert. Habe daran gedacht, wie ich mit meinen engsten Kameraden vor zwanzig Jahren, im Mai 1499, an der Calvenschlacht teilgenommen habe. Dann ist es passiert. Ich war plötzlich mit ihnen zu Pferd und in voller Kampfausrüstung unterwegs. In einer Gegend, die mir völlig fremd war und scheinbar in der Zukunft. Da waren Bäume und Häuser. Ich gab den Befehl, dich zu töten, weil ich glaubte, du seiest ein verdammter Habsburger, doch du hast einen Stein geworfen und der Pfeil hat mich in den Hals getroffen.»

«Und wie kommt es, dass du nach zwei Tagen gesund und munter bei mir in der Küche stehst?»

«Mein Auftauchen unter deinem Balkon war eine Projektion meiner Erinnerung an die Calvenschlacht, die du geteilt hast, weil du zu meiner Person und Geschichte eine Beziehung hast.»

Gian begreift nicht, was sein Gast aus der Vergangenheit ihm mitteilen will. Er greift auf das Wissen zurück, das er in der Schule gelernt hat.

«Benedikt, laut unseren Geschichtsbüchern bist du im Mai 1499 bei der Schlacht an der Calven gestorben und sollst dasselbe gerufen haben, wie vor zwei Tagen, als du den Pfeil in den Hals gekriegt hast und auf der Strasse dort unten verblutet bist: *Frisch auf meine Jungen, ich bin nur EIN Mann, achtet meiner nicht; heute noch Bündner und die Bünde oder nimmermehr!*»

«Eure Geschichtsbücher!», lacht Benedikt kurz und bitter. Die enthalten, wie der Name schon sagt, vor allem Geschichten. Vieles hat man zu dem, was geschehen ist, dazugedichtet. Wahr ist, dass wir am 22. Mai 1499 beim Sturm auf die Letzi beinahe gescheitert wären, weil das nächtliche Umgehungsmanöver über den Berg nicht ganz so ablief, wie gehofft. Ein Teil unserer Leute verirrte sich. Trotzdem gelang es ihnen noch, bis zur Marengobrücke vorzustossen. Doch dann haben die Österreicher Unterstützung von den Tirolern bekommen. Auch wenn wir grosse Verluste erlitten haben, habe ich, entgegen dem, was in euren Geschichtsbüchern steht, überlebt. Nachdem wir gesiegt hatten, schritten ein paar unserer Männer über das Schlachtfeld und erlösten die Schwerverletzen von ihren Leiden. Ich sah bereits das Schwert über mir, doch dann hörte ich einen unserer Leute rufen: «Unser Hauptmann!»

Man band mich auf ein Pferd, ich wurde ohnmächtig. In Müstair mussten sie mich zurücklassen, weil ich den weiteren Transport nicht überlebt hätte. Ich wurde im Kloster vor Maximilians Schergen versteckt und von den Nonnen gesund gepflegt. Wochen-, ja monatelang, haben sie für mich gebetet. Wie du siehst, hat Gott sie erhört. Als ich nach einem halben Jahr wieder gehen konnte, war ich nicht mehr derselbe. Die Erinnerung an die Schlacht, an die vielen Toten, die furchtbaren Schreie der Verletzten und Sterbenden, die in ihrem Blut lagen ... Ich konnte nicht mehr schlafen. Und wenn ich doch einmal einschlief, war ich im Traum wieder in der Schlacht. Ich sehe heute noch die Gesichter meiner Männer, die im Kampf gefallen sind. Der grösste Teil junge Burschen, kaum zwanzig. Um die zweitausend von ihnen haben wir verloren ... Sie haben ihr Leben für ihre Heimat gegeben. Doch wie ich sehe, hat sich unser Opfer gelohnt. Oder lebst du nicht immer noch in dem Bünden, das wir damals verteidigt haben, Gian?»

Gian legt Benedikt eine Hand auf die Schulter.

«Auf jeden Fall hat sich das Opfer gelohnt. Euer Sieg an der Calven war die Geburt des heutigen Graubünden. Du bist als Nationalheld in die Geschichtsbücher eingegangen, Benedikt.»

Benedikt starrt mit entrücktem Blick hinauf zum Dreibündenstein, krault seinen schwarzen Bart, rückt sein Wams zurecht und beginnt zu Gians Erstaunen mit leiser Stimme zu singen:

Cara lingua da la mama,
tü sonor rumants ladin,
tü favella dutscha, lamma,
o co t'am eu sainza fin ...

Gian hat im Internet gelesen, dass Benedikt um das Jahr 1450 in Salouf, im Oberhalbstein, geboren wurde und als bischöflicher Vogt auf der Burg Riom gelebt hat. Wie kommt er also dazu, ein Lied zu singen, das mehr als vierhundert Jahre später entstanden ist?

Nachdem er geendet hat, wischt sich Benedikt eine Träne aus den Augen.

«Du fragst dich sicher, weshalb ich dieses Lied kenne und in einem meiner Herkunft nach fremden Romanisch gesungen habe, Gian? Es ist ganz einfach. Nach meiner Genesung bin ich im Münstertal geblieben, habe mich in eine Frau verliebt und ihr zuliebe den einheimischen Dialekt gelernt.

«Und wie ist es möglich, dass du ein Lied singst, das um die vierhundert Jahre nach deiner Zeit gedichtet und vertont wurde?»

«Auch das ist einfach zu erklären, Gian: Ich habe es auf einer meiner Zeitreisen kennengelernt.»

«Zeitreisen? Könntest du mir das näher erklären, beziehungseise, mir beibringen, wie das geht?», fragt Gian.

Benedikt schüttelt lachend den Kopf.

«Nein, Gian. Das kann ich nicht. Alles, was ich dir verraten darf ist, dass die Zeit, in der wir uns befinden, aus einer Art linearem Hohlogramm, ähnlich einem transparenten Tunnel besteht, von dem aus man, wie in einem U-Bahn-Bahnhof, mittels Vorstellungskraft, das Zeitalter und den Ort wählen kann, den man besuchen möchte.»

«Und wie geht das mit der Vorstellungskraft?», fragt Gian neugierig.

«Jenseits der physischen Ebene gibt es keine Reisebeschränkungen. Schliess die Augen.»

Gian tut, was sein Besucher verlangt. Und schon befindet er sich mitten auf einem Schlachtfeld. Neben ihm liegt, schwerverletzt und in seinem Blute liegend, Benedikt. Er macht eine Handbewegung. Gian beugt sich über ihn. *Ich bin nur EIN Mann, achtet meiner nicht; heute noch Bündner und die Bünde oder nimmermehr!*», flüstert er seinem jungen Kampfgefährten ins Ohr. Dann verliert er das Bewusstsein.

ZEITREISENDE

Jörg Jenatsch

Gian steigt die zwei Treppen hinauf zu seiner Wohnung. Schliesst die Tür ab und begibt sich auf den Balkon ... Ein mittelalterlich gekleideter Mann sitzt am Balkontisch.

«Jörg ist mein Name», sagt der Besucher, steht auf und reicht Gian die Hand. Lange schwarze Haare, Schnauz, Spitzbart. Gian kennt ihn aus einem Buch. Inzwischen daran gewöhnt, dass nichts so ist, wie es scheint, sagt er mit etwas Ironie in der Stimme: «Schön, dass du mich besuchst, Jörg. Was verschafft mir die Ehre?»

«Ehre? Du erweist mir Ehre? – Es gibt nicht viele, die das tun oder getan haben», antwortet Jörg Jenatsch und zwirbelt mit beiden Händen die Spitzen seines langen schwarzen Schnauzes zurecht.

«Mir ist zu Ohren gekommen, dass jemand bei dir zu Besuch war, der als Held und Retter Bündens in die Geschichte eingegangen ist ... Er hat ein Denkmal bekommen, eine Statue. Siegessicher streckt er in einem Park dem Feind sein Schwert entgegen. Die Leute schauen zu ihm auf. Er ist ein Held, einer der sein Leben für sein Land, für Bünden gegeben hat. Jeder Schüler macht Bekanntschaft mit ihm. Weisst du, was mich daran stört, Gian?»

«Dass du für deine Verdienste kein Denkmal bekommen hast?»

«Am Denkmal liegt es nicht, obwohl mich das auch freuen würde. Was mich stört, sind die falschen Berichte. Einige eurer Historiker massen sich an, über mich zu schreiben, als wären sie meine engsten Gefährten gewesen. Für die einen bin ich der Befreier Bündens, für die anderen nur ein Halunke, ja ein Mörder.

«Sorry, Jörg, aber soviel ich weiss, bist du mit deinen Feinden ja nicht gerade zimperlich umgegangen ...»

«Ich will nichts davon hören! Sie haben bekommen, was sie verdient haben!», ruft Jenatsch empört.

Gian schweigt. Er spürt, dass seinem Gast etwas auf der Seele liegt, das er loswerden möchte.

Nach einer Weile beginnt Jörg zu reden: «Du hast recht, Gian, zimperlich war ich nicht mit meinen Feinden. Sie aber auch nicht mit mir, wie du sicher weisst. Im Grunde genommen war mir nur eines wichtig: die Befreiung Bündens, sowohl von den Österreichern als auch von den Franzosen.»

«Und die Reformation? Stand sie an zweiter Stelle?»

«Das eine war ohne das andere nicht denkbar. Den Menschen zum richtigen Glauben zu verhelfen, dafür habe ich alles gegeben!»

«Auch gefoltert und getötet?»

«Du meinst wohl das Thusner Strafgericht? Ja, ich war ein Fanatiker. Heute weiss ich das. Und ich würde anders handeln. Aber damals ... Dieser Priester aus Sondrio ..., es war nicht meine Absicht, ihn zu töten ...»

«Nicolo Rusca?»

«Ja, das war sein Name. Ein Anhänger der römisch-katholischen Kirche. Er kämpfte gegen mich, gegen die Reformation. Sein Glaube war unglaublich stark. Ich bewunderte ihn dafür. Ich wollte ihn frei lassen, aber dann ist es anders gekommen. Mein Hass auf seine Irrlehre war so gross, dass er nach Rache verlangte. Tod allen, die der neuen und einzig wahren Lehre Widerstand leisteten. Das war meine Devise!»

«Wie ist es denn gekommen, dass du später wieder zum Katholizismus übergelaufen bist, Jörg? Wie ich gelesen habe, konnte das niemand verstehen. Man schreibt, dass du aus rein politischen Gründen gehandelt habest ...»

Wütend steht Jenatsch auf, macht ein paar Schritte und schaut, in Gedanken versunken, hinauf zum Dreibündenstein. Die Strasse unter ihm, die Autos, die Leute, die vorbeilaufen, reden und lachen, sieht er nicht. Gian ahnt, dass er in einer Art Zeitblase, aus der heraus er nur begrenzt wahrnehmen kann, zu ihm gereist ist.

Nach ein paar Minuten hat sich Jörg beruhigt und setzt sich wieder: «Diese Behauptung macht mich rasend. Weil es nicht stimmt. Ich habe jede Menge Briefe geschrieben, die meine Gründe zum Glaubenswechsel belegen. Übrigens in fünf Sprachen. Deutsch, Romanisch, Lateinisch Italienisch und natürlich Französisch. Trotzdem glaubt man mir, auch nach vierhundert Jahren, noch nicht!»

«Mir kann das egal sein, Jörg. Wenn ich meinen Glauben wechseln würde, gäbe das auch etwas Aufregung. Aber nicht allzuviel. Doch du warst damals der glühendste Verfechter der Reformation hierzulande. Tausende Menschen sind deswegen getötet worden. Auch du hast gefoltert und gemordet, und alles im Namen Gottes?»

Jenatsch ist so schnell auf den Beinen, dass der Stuhl krachend zu Boden fällt. Wutentbrannt greift er zum Schwert ...

Bitte, Jörg, mach kein Theater wegen dieser Geschichte!», ruft Gian mit lauter Stimme.

«Möchtest du vielleicht einen Kaffee?»

Dieses Angebot bekommt der mittelalterliche Besucher in den falschen Hals.

«Bin ich ein altes Weib, dass du mir so ein Getränk anbietest?», ruft er erzürnt.

«Ah, ich verstehe, du trinkst lieber ein Glas Wein?»

«Ein Glas ist mir zu wenig, Gian. Bring alles, was du im Keller hast! Und dann lass uns trinken, solange bis die Wahrheit siegt!»

Gian geht in die Küche und kommt kurz darauf mit einer Flasche Rotwein und zwei Gläsern zurück. Jörg nimmt die Flasche in die Hand und liest zu Gians Erstaunen den in italienisch geschriebenen Text auf der Etikette vor.

Dann: «Diesen Wein kenne ich nicht, Gian. Doch, was solls, ist ja eben alles anders bei dir. Komm, schenk ein!»

Gian holt sein Sackmesser hervor und dreht den Zapfenzieher in den Korken hinein.

«Gott im Himmel, Gian, woher hast du dieses Gerät?», ruft Jörg erstaunt.

«Woher? Das fragt einer, der vierhundert Jahre in der Vergangenheit lebt. Was denkst du denn, was wir alles in dieser Zeit erfunden haben?»

«Und das hier sind wohl Weingläser aus dem einundzwanzigsten Jahrhundert?», fragt Jörg spöttisch und hebt das elegante Rotweinglas gegen die Sonne. Gian nimmt ihm das Glas aus der Hand, füllt es mit Wein, schiebt es über den Tisch, steht auf und ruft: «Auf Bündens Freiheitsheld!»

«So soll es sein!», ruft der ehemalige Pfarrer, Heerführer und Mörder von Pompejus Planta und leert sein Glas in einem Zug.

«Jörg, ich habe nachgedacht», sagt Gian, «und viel über dich gelesen. Du warst Pfarrer, Partisan, Heerführer, aber auch – aus der Sicht vieler deiner Zeitgenossen – ein Mörder und Verräter.»

Bei den Worten Mörder und Verräter wird Jenatsch bleich und greift wieder zum Schwert ...

«Nein, nein, Jörg, keine Gewalt! Mir liegt viel daran, dass die Wahrheit ans Licht kommt. Bitte vertraue mir! Lass uns trinken und reden. In vino veritas, oder?»

«In vino veritas!», knurrt Jenatsch und lässt sein Schwert los.

Nach ein paar Gläsern Wein beginnt Jörg zu erzählen. Bedauert aufrichtig, dass er seinen Vorgesetzten im Duell getötet hat. Der Oberst habe ihn herausgefordert. Seine Ehre sei auf dem Spiel gestanden. Nicht darauf einzugehen hätte ihn zum Feigling gemacht. Ein paar Frauen hätten versucht, das Duell zu verhindern. Das habe ihm einen Vorteil verschafft und dem Freund das Leben gekostet.

«Er war dein Freund?», fragt Gian überrascht.

«Ja, er war ein Freund. Ich hätte mein Leben für ihn gegeben», murmelt Jörg düster vor sich hin.

«Leider ist es anders gekommen. Eine Kette unglücklicher Ereignisse. Angefangen hat es damit, dass ein Hauptmann aus meiner Truppe mit seinem Pferd den Buben des Schneiders über den

Haufen geritten hat. Ich verlangte Schadenersatz für das verletzte Kind. Der Hauptmann war jedoch nicht bereit dazu. Es kam zum Streit. Oberst Ruinelli, ein Hitzkopf wie ich, ergriff gegen mich Partei ...»

«Etwas beschäftigt mich die ganze Zeit, Jörg», sagt Gian nachdenklich. «Jetzt, wo du hier bei mir im Jahre 2023 auf dem Balkon sitzt und mir all das erzählst, frage ich mich, aus welchem Jahr du angereist bist. Kannst du dich an dein Abreisejahr oder -datum erinnern?»

Jörg schaut ihn ein paar Augenblicke sinnend an. Gian nimmt sein Glas und schenkt nach.

«Meine letzte Erinnerung, bevor ich mich auf deinem sogenannten Balkon wiederfand, ist der Juli im Jahre des Herrn 1638 ...»

»Sechzehnhundertachtunddreissig?», ruft Gian entsetzt. Du bist also, was ja ganz natürlich ist, noch nicht gestorben, weil du sonst gar nicht hier sein könntest, oder?»

Jenatsch wirft ihm einen seltsamen Blick zu: «Falls du denkst, ich weiss nicht Bescheid über meine Ermordung im *Staubiga Hüatli*, Gian, dann irrst du dich gewaltig. Lass mich überlegen, wie ich dir das erklären soll ...»

Längere Zeit starrt er vor sich hin, formt seinen Spitzbart, zwirbelt die beiden Schnauzenden zurecht und beginnt dann: «Es ist so, Gian: Man hat mich im Jahre 1639 im Wirtshaus *Zum staubiga Hüatli* ermordet und mein Körper wurde – was mir dazumal wichtig war – in der Kathedrale katholisch begraben. Daran kann ich mich genau erinnern. Doch dann ... Jetzt spitz die Ohren, Gian! Entgegen der heute immer noch umstrittenen Annahme, dass der Mensch beim Tod wirklich tot ist, war ich lebendiger denn je. Es dauerte allerdings seine Zeit, bis ich begriff, dass ich keine Möglichkeit mehr hatte, mit der physischen Welt in Verbindung zu treten. Ich habe alles versucht! Vergebens! Niemand konnte mich hören, niemand reagierte auf meine Berührungen. Also wandte ich mich der neuen Welt zu, in die ich so unverhofft hineingeraten war ...»

«Ich kann es kaum glauben, Jörg. Du hast dich also aus einer für mich unsichtbaren Ebene bei mir auf dem Balkon materialisiert?»

«Du hast es erfasst, Gian! Ich bin frei zu reisen, wohin es mich gelüstet, unterliege jedoch auch gewissen – wie soll ich sagen? – geistigen Gesetzen, die ich nicht ohne Weiteres umgehen kann.»

«Was heisst, nicht ohne Weiteres?»

«Das heisst, dass es in dieser Welt eine Hierarchie gibt, ähnlich der im Erdenleben, wo ich einem militärischen Vorgesetzten diente.»

Gian ist schon seit einiger Zeit aufgefallen, dass der Wein, soviel Jenatsch auch davon trinkt, bei ihm keine Wirkung zeigt. Er schenkt ihm noch einmal nach und fragt: «Bist du wirklich aus Fleisch und Blut oder nur eine Art Hologramm?»

Jörg zeigt ein breites Lächeln und umfasst mit eisernem Griff Gians Handgelenk.

«Genügt das als Beweis?»

«Es genügt!», stöhnt Gian und fragt: «Könntest du mir diese Technik beibringen, Jörg? Ich meine, wie man nach Belieben in irgend einem Jahrhundert, an einem vorgesehenen Ort auftauchen und wieder verschwinden kann?»

Jenatsch lächelt.

«Wie ich festgestellt habe, ist es bei euch üblich, nach dem Essen einen Kaffee zu trinken. Ich glaube mich erinnern zu können, dass du mir vor einiger Zeit so ein Weibergetränk angeboten hast, Gian ...»

Gian versteht, steht auf, geht in die Küche und schaltet die Kaffeemaschine ein. Als er nach fünf Minuten mit dem Getränk auf dem Balkon erscheint, ist Jörg Jenatsch verschwunden.

ZEITREISENDE

E. L. Kirchner

Nach dem Mittagessen räumt Gian den Tisch ab, verstaut Teller und Besteck im Geschirrspüler und startet das Programm. Dann macht er sich einen Kaffe und begibt sich auf den Balkon.

Der Mann, der dort sitzt, scheint, wie Jörg und Benedikt, nicht in die gegenwärtige Zeit zu passen. Er trägt einen dunklen Anzug mit einem weissen Stehkragen, um den eine schwarze Krawatte gebunden ist. Schwarze, eng anliegende Haare, dunkel glühende Augen, in der rechten Hand hält er lässig eine Zigarette.

«Sorry, kennen wir uns?», fragt Gian.

«Wenn ich das wüsste, wär's mir leichter ums Herz», antwortet der Mann in einem Dialekt aus dem grossen Nachbarland, zieht an der Zigarette und bläst den Rauch gegen die Decke.

Da Gian es langsam gewohnt ist, historische Gestalten auf seinem Balkon anzutreffen, fragt er: «Mich würde interessieren, aus welcher Zeit sie kommen ...»

«Seltsame Frage ... Natürlich aus der Gegenwart, aus dem Jahre 1912.»

«1912? Waren sie vielleicht auf der Titanic?»

«Auf der Titanic? Mein Gott! Nein! Sonst wäre ich wohl nicht hier. Die hat doch vor ein paar Wochen einen Eisberg gerammt und ist gesunken. Übrigens, Ernst Ludwig ist mein Name ...»

Gian beschleicht eine leise Ahnung. Er erinnert sich an einen Künstler, dessen Bilder in einem Museum hängen, das diesen Namen trägt.

«Ernst Ludwig Kirchner!», hab doch gewusst, dass ich sie kenne. Sie sind der berühmte Maler.»

«Berühmt? Vielleicht bin ich das eines Tages. Im Moment sieht es jedoch nicht danach aus», antwortet sein Gegenüber etwas deprimiert.

«Gian, ich bin Gian und lebe hier im Jahre 2023. Können wir uns duzen?»

«Im Jahre 2023? Du scherzt wohl, lieber Gian. Dann wäre ich über hundert Jahre in die Zukunft gereist. Aber macht nichts, ich mag Menschen, die ein wenig verrückt sind. Du trägst seltsame Kleider ... und dann dieses Gerät hier ...»

Er nimmt Gians Handy vom Tisch, dreht und wendet es und legt es vorsichtig wieder auf den Tisch.

«So etwas habe ich noch nie gesehen.»

«Das wundert mich nicht, Ernst Ludwig ... Sag, gibt es für deinen Namen vielleicht einen Kurz- oder Übernamen? So etwa in der Länge von Gian, das wäre einfacher für mich.»

Einen Kurznamen? Ich denke daran, unter dem Pseudonym Louis de Marsalle Kritiken zu meinen Bildern zu schreiben. Du könntest mich also Louis nennen, wenn das kurz genug ist.»

«Super, Louis! So sind wir uns gleich näher.»

«Näher? – Ich weiss nicht, ob ich dazu geneigt bin, Gian. Du musst verstehen, ich bin Künstler. Für Leute wie du bin ich in der Regel ein komischer Kauz. Seit ich die klassische Malerei hinter mir gelassen habe, werde ich von vielen Leuten angefeindet. – Du musst mir also schon einen triftigen Grund nennen, damit ich bereit bin, dich, wie du sagst, näher kennenzulernen.»

Louis steht auf, macht ein paar Schritte, betrachtet die roten Blüten der Dipladenia, streicht gedankenverloren mit der Hand übers Balkongeländer, nimmt einen letzten Zug und spickt die Zigarette mit Daumen und Mittelfinger auf Nachbars Rasen hinunter.

Zu Gians Verwunderung reagiert auch er nicht auf die vorbeifahrenden Autos, die Leute. Seine Wahrnehmung scheint – wie schon die von Benedikt und Jörg – begrenzt zu sein.

Ein paar Tage später. Wieder sitzt Louis rauchend auf Gians Balkon.

«Es ist schlimm, wirklich ganz schlimm, Gian! Ich bin mir nicht sicher, ob du das verstehen kannst», sagt er.

«Bist du wieder aus dem Jahre 1912 angereist, Louis?», fragt Gian.

118

«Nein, diesmal komme ich aus dem Jahre 1916. Ich halte mich – auf den Rat einiger Freunde hin – meiner Alkohol- und Medikamentensucht wegen in einem Sanatorium auf. Wobei ...»

Louis zieht gierig an seiner Zigarette, inhaliert lange und tief.

«Wobei?», fragt Gian.

«Es ist der schreckliche Krieg, der mich krank gemacht hat. Menschen zu töten ist für mich schlimmer als alles, was ich mir vorstellen kann. Schon die militärische Ausbildung war schrecklich. Irgendwann hat man das zum Glück eingesehen und mich als untauglich entlassen. Trotzdem leide ich immer noch ...»

«Ich weiss, Louis, ich habe alles darüber gelesen, alles, was ich finden konnte ...»

«Du hast was?»

«Ich kenne deine Geschichte, weil ich doch im Jahre 2023 lebe. Du bist eine Berühmtheit. Du hast sogar ein eigenes Museum ... Vielleicht klingt es absurd für dich, aber ich denke, ich kann dich verstehen.»

«Verstehen? Ich glaube nicht, dass du mich verstehen kannst, Gian. In mir brennt ein Feuer, das mich verzerrt. Eine Glut, die mich zum Malen treibt. Die Kunst ist das Einzige in meinem Leben, das mir etwas bedeutet.»

«Und die Liebe? Die Kunst und die Liebe?»

«Kunst und Liebe gehören zusammen, Gian. Es ist das gleiche Feuer, dieselbe Glut. Wenn ich male, liebe ich, und der Liebe wegen male ich.»

«Meinst du die Liebe zu einer Frau?»

«Die Liebe zu einer Frau, das Betrachten und Malen ihres Körpers führt meine Sinne in eine höhere Ebene. Die Farben, die Formen ... Sie klingen. Jede Farbnuance, jeder Strich, jede Form in einer bestimmten, einzigartigen Tonlage. Malerei ist Musik in einer anderen Form. Die Gabe jedoch, sie beim Betrachten meiner Bilder hören zu können, ist leider äusserst selten.

Louis steht auf, spickt den Zigarettenstummel über die Balkonbrüstung und erklärt mit unüberhörbarem Stolz in der Stimme: «Fritz Bleyl, Erich Heckel, Karl Schmidt-Rottluff und ich ... Wir haben 1906 die «Brücke» gegründet, wir sind die Wegbereiter des Expressionismus.»

«Soviel ich weiss, habt ihr euch vom Fauvismus inspirieren lassen ...», murmelt Gian.

Louis wirft ihm einen bösen Blick zu.

«Im Vergleich zu unserer Kunst ist der Fauvismus nur ein lahmer Ackergaul. Der Expressionismus, wie wir ihn verstehen, hingegen ein Rennpferd, das das Potenzial in sich trägt, die Welt zu verändern. Und weisst du auch warum, Gian?»

Gian schüttelt den Kopf.

«Im Gegensatz zum Fauvismus, der sich rein intuitiv auf die malerische Form und Bildkomposition beschränkt, beinhalten unsere Bilder Szenen von seelisch-psychischer Aussagekraft, die aufrütteln, ja provozieren sollen. Indem wir die sozialen, religiösen und moralischen Grenzen überschreiten, zwingen wir den Betrachter, sich selbst und die Gesellschaft infrage zu stellen.»

«Und ihr haltet euch immer noch daran, obwohl eure Brücke-Vereinigung sich bereits wieder aufgelöst hat?», fragt Gian vorsichtig.

Louis greift sich die nächste Zigarette, zündet sie an, inhaliert tief und lässt den Rauch langsam durch die Nase ausströmen.

«Auch da bist du richtig informiert, Gian. Ich frage mich langsam wirklich, woher du so gut Bescheid weisst.»

Gian lächelt nachsichtig . .

«Wie gesagt, Louis, ich lebe im Jahr ...»

«Schon gut, Gian. Ich nehme an, es ist ein Versuch, den schlimmen Krieg auszublenden, der seit zwei Jahren mein und vielleicht bald auch dein Land zerstören wird. Was mich betrifft, ich habe es versucht, doch es war zu viel für mich. Und nun bin ich, Alkohol- und Medikamentenabhängig, in dieser Klinik gelandet ...»

Gian hat sich die ganze Zeit überlegt, ob er Louis erzählen soll, dass die Nazis seine Bilder als entartet erklären und teilweise zerstören werden. Dass er 1918 in die Schweiz flüchten und dort bis zu seinem Tod im Jahre 1938 bleiben wird.

Louis starrt schweigend vor sich hin. Zieht ab und zu an seiner Zigarette ... Da Gian nicht bemerkt, dass seine Gestalt langsam verblasst, beginnt er, trotz gewisser Zweifel, ob Louis ihm glauben wird, zu erzählen ...

«Louis, in zwei Jahren wirst du mit deiner Lebensgefährtin nach Davos ziehen und dort bis zu deinem Tod leben. Bilder malen, berühmt werden und unter deinem Pseudonym Louis de Marsalle Berichte über deine eigenen Ausstellungen schreiben. Am 15. Juni 1938 findet man dich mit zwei Einschusslöchern in der Brust im Wald auf. Der Bericht des Arztes lautet Freitod, obwohl deine Pistole, eine Browning 7.65, einen Meter von deinem Körper entfernt im Gras liegt. Da sich niemand aus dieser Distanz zweimal hintereinander selbst ins Herz schiessen kann, und auch aus der Nähe nicht, ohne Schmauchspuren auf der Kleidung zu hinterlassen – und die hat man nicht gefunden –, vermute ich, dass jemand aus deinem Heimatland, der aus bekannten politischen Gründen in Davos weilte, dich bei deinem Ableben unterstützt hat.»

ZEITREISENDE

Auf der Titanic

Gian ist früh aufgestanden. Während er sich in der Küche einen Kaffee macht, hört er plötzlich das dumpfe Gedröhne einer Schiffssirene. Er eilt auf den Balkon ... Der Berg, die Einfamilienhäuser gegenüber, die Strasse – alles verschwunden. Vor ihm, soweit das Auge reicht, sieht er nur noch Wasser ... Ein endloses Meer ...

Verwirrt stolpert er zurück in die Küche ... Und bleibt mit offenem Mund stehen. Der Raum hat sich enorm vergrössert. Mindestens zehn Köche hantieren an riesigen Kochinseln. Mehrere asiatisch aussehende Frauen balancieren mit Esswaren gefüllte Teller zum Speisesaal im Hintergrund.

«Suchst du etwas?», ruft der Chefkoch.

«Wenn nicht, dann verschwinde!»

Gian zögert, weicht jedoch nicht zurück.

«Was zum Teufel macht ihr in meiner Küche?», ruft er mutig.

«In deiner Küche? Hast wohl nicht alle Tassen im Schrank!»

Der Koch kommt mit rot angelaufenem Gesicht auf ihn zu, bleibt dicht vor ihm stehen und stemmt beide Fäuste in die Hüften.

«Passagiere haben in der Küche nichts verloren! Los, verschwinde!»

«Passagier? Auf welchem Schiff denn?», fragt Gian verwundert.

Der Koch dreht sich zu seiner Mannschaft um und ruft: «Dieser Mann hier weiss nicht einmal, auf welchem Schiff er übers Meer fährt!»

Zehn Köche aus verschiedenen Nationen brechen in schallendes Gelächter aus. Das ist dann doch zuviel für Gian. Er weicht zurück auf den Balkon, stösst mit dem Rücken an die Reling, verliert das Gleichgewicht und fällt mit einem Aufschrei hinunter in den Pool auf dem Zwischendeck. Als er auftaucht, wird er von zwei Badegästen an den Armen gepackt und aus dem Wasser gezogen. Schwer atmend liegt er auf den hölzernen Schiffsplanken. Ein Steward kommt mit einem grossen Badetuch angerannt.

«Sir, ich bringe sie in ihre Kabine, dort können sie duschen und trockene Kleider anziehen.»

«Meine Kabine?», stammelt Gian.

«Ich war zu Hause auf dem Balkon ...»

«Sie sind vom Oberdeck mehrere Meter in den Pool hinuntergefallen, da kann man schon kurzzeitig das Gedächtnis verlieren. Vielleicht erkennt sie einer der Passagiere.»

Der Steward hilft Gian auf die Beine und ruft: «Kennt jemand diesen Mann hier?»

Eine Weile ist es still, doch dann winkt eine Frau auf dem Oberdeck.

«Onkel Gian! Onkel Gian!», ruft sie.

125

«Also doch», sagt der Steward.

«Die junge Frau dort oben kennt sicher ihre Kabinen-Nummer.»

Nachdem die junge Frau, die seine Nichte sein soll, Gian zu seiner Kabine geführt hat, lässt sie ihn allein. Staunend stellt er fest, dass sein Koffer auf dem Bett liegt. Er macht ihn auf und staunt ... Hosen, T-Shirts, Unterwäsche aus seinem Schrank von zu Hause ... Kopfschüttelnd steigt er in die Dusche. Kaum hat er trockene Kleider angezogen, taucht die junge Frau wieder auf. Sie will mit ihrem Onkel frühstücken. Verwirrt folgt Gian ihr in den Speisesaal.

«Sarah, weisst du doch, Onkel Gian», maunzt sie, als er sich nach ihrem Namen erkundigt. Danach traut er sich nicht mehr zu fragen. Fieberhaft überlegt er, wer sie ist, und weshalb er mit ihr auf diesem riesigen Schiff übers Meer fährt.

«Du warst noch nie sehr gesprächig, Onkel Gian. Aber das macht nichts. Ich bin dir sehr dankbar, dass du mich nach New York mitnimmst. Denkst du wirklich, dass ich dir in deiner Firma nützlich sein kann? Meine Englisch-Kenntnisse sind nicht besonders gut, ich müsste unbedingt noch ...»

«New York? Wir fahren nach New York?»

Gian fühlt, wie ihm das Blut in den Kopf schiesst. Irgendetwas läuft hier gewaltig schief. Suchend schaut er sich um. An mindestens zwanzig Tischen sitzen Leute beim Morgenessen. Neben dem Eingang befindet sich ein langes Buffet mit Brot, Käse, Fleischwaren, Eiern, Orangensaft, Früchten ...

Die Tür zur Küche geht auf, Bedienstete jonglieren Teller durch den Speisesaal ...

Gian ist das Ganze zu viel. Er versteht nichts, gar nichts mehr, möchte nur noch weg.

«Ich muss auf die Toilette», murmelt er, steht auf, torkelt durch den Saal, reisst eine Tür auf ... und steht in seinem Wohnzimmer. Aufatmend lässt er sich auf die Couch fallen und schläft ein.

Als er aufwacht, scheint ihm die Sonne ins Gesicht. Mit einem Ruck richtet er sich auf, klammert sich mit beiden Händen am hölzernen Rahmen eines altertümlichen Liegestuhls fest.

Neben ihm, auf einer weissen Liege, liegt Sarah.

«Mein Gott, wo bin ich?»

«Nur keine Panik, wir sind immer noch auf der Titanic», beruhigt ihn seine Nichte.

«Auf der Titanic? Ums Himmelswillen! Was machen wir auf der Titanic?»

«Onkel Gian ...», mault Sarah, «langsam frage ich mich wirklich, was mit dir los ist!»

Gian schlägt die Hände vors Gesicht.

«Deshalb die seltsamen Kleider. Wir schreiben das Jahr 1912, oder?», ruft er entsetzt.

«Sag nicht, dass du das nicht gewusst hast?», antwortet seine Nichte vorwurfsvoll.

«Langsam wirst du mir unheimlich.»

Gian gibt keine Antwort. Er stemmt sich aus dem Liegestuhl. Sein Blick schweift über die hoch aufragenden, rauchenden, riesigen Schornsteine der Titanic.

«Gott, wenn es dich gibt», murmelt er vor sich hin. Dann wird ihm schwarz vor den Augen.

Sahra fängt ihn auf, doch er ist zu schwer. Passagiere springen herbei, helfen ihnen auf die Beine und führen Gian zu seinem Liegestuhl. Kurz darauf kommt der Schiffsarzt angelaufen.

«Bitte bleiben sie ruhig liegen, Herr Chapman! Nur ein kleiner Schwächeanfall, kein Grund zur Beunruhigung ...»

Gian kommt langsam zu sich ... Sarah kniet neben ihm, hält seine Hand ...

«Wieso nennt mich der Arzt Chapman?»

«Onkel Gian, das ist doch unser Familienname», flüstert Sarah vorwurfsvoll.

Gian scheint nichts zu begreifen. Seine Augen haben den Ausdruck eines verwirrten Dreijährigen angenommen. Dann geht plötzlich ein Ruck durch seinen Körper.

«Was für ein Datum haben wir heute?», fragt er mit weit aufgerissenen Augen.

«Aber Onkel Gian, das weisst du doch: heute ist der vierzehnte April ...»

Gian schlägt die Hände vors Gesicht.

«Und wie spät ist es jetzt?»

«Es ist genau vierzehn Uhr fünfundvierzig», meldet der Schiffsarzt.

Gian erstarrt. Er ist der einzige auf diesem Schiff, der weiss, dass die Titanic in neun Stunden einen Eisberg rammen wird.

Mit einem lauten Schrei ist er auf den Beinen, rennt zur Treppe, die Stufen hinauf und brüllt: «Kapitän!!! – Kapitän!!! In neun Stunden, fünfzehn Minuten vor Mitternacht, wird dieses Schiff einen Eisberg rammen!!! – Sie müssen sofort den Kurs ändern! Sofort! Hören sie! Sofort!!!»

Sarahs Gesicht drückt grosse Sorge um das Wohlergehen ihres Onkels aus. Sie steigt die Stufen hoch, nimmt Gian am Arm, führt ihn behutsam zum Liegestuhl zurück und bittet ihn, sich wieder hinzulegen. Sein Geschrei hat einen Auflauf verursacht. Mehrere Passagiere stehen, aufgereiht wie Raben auf einer Stromleitung, auf den oberen Decks.

Sarahs bekümmerter Gesichtsausdruck zeigt Gian, dass seine Bemühungen zwecklos sind, dass ihm niemand glauben wird. Zu unvorstellbar ist, was er herumschreit. Passagiere und Kapitän ha-

129

ben nicht den geringsten Zweifel, dass die Titanic unsinkbar ist.

Gian lässt sich in seine Kabine führen und legt sich aufs Bett ... Der Schiffsarzt zieht eine Spritze auf: «Das wird sie eine Weile schlafen lassen, Herr Chapman, und danach sieht die Welt wieder ganz anders aus ...»

Während Gian langsam wegdämmert, kommt ihm der Gedanke, dass er schlafend ertrinken wird. Immerhin eine etwas angenehmere Art zu sterben als durch Schwert oder Axt wie Benedikt Fontana und Jörg Jenatsch.

BÜCHER VON HANS CAPADRUTT